乡脉流长

XIANG MAI
LIU CHANG

时代出版传媒股份有限公司
安徽文艺出版社

作者简介：

　　张守福，安徽省太和县人，现为中国散文学会会员、安徽省作家协会会员、安徽省文艺评论家协会会员。出版长篇小说《圈里圈外》、散文集《情落淮河湾》《秋到九里山》《并不久远的记忆》等。

乡脉永流长

张守福 ◎ 著

时代出版传媒股份有限公司
安徽文艺出版社

图书在版编目（CIP）数据

乡脉流长/张守福著.—合肥：安徽文艺出版社,2024.3
ISBN 978-7-5396-7886-3

Ⅰ.①乡… Ⅱ.①张… Ⅲ.①散文集－中国－当代 Ⅳ.①I267

中国国家版本馆CIP数据核字(2023)第216937号

出 版 人：姚 巍
责任编辑：周 丽　　　　　　装帧设计：徐 睿
....
出版发行：安徽文艺出版社　　　www.awpub.com
地　　址：合肥市翡翠路1118号　邮政编码：230071
营 销 部：(0551)63533889
印　　制：安徽联众印刷有限公司　(0551)65661327
....
开本：700×1000　1/16　印张：15.25　字数：220千字
版次：2024年3月第1版
印次：2024年3月第1次印刷
定价：59.80元
....

（如发现印装质量问题，影响阅读，请与出版社联系调换）
版权所有，侵权必究

民俗：民族的文化标签 / 许春樵 1

民俗乡脉

流动的故乡 / 3

乡愁缱绻 / 6

乡脉流长 / 8

徜徉在古徽州的村落里 / 11

庄台孜的风景与文化 / 14

历史与现实的对话 / 17

屈原与民俗 / 19

传统节日要传承 / 21

文化藏在民俗里 / 23

民俗是传统文化的精华 / 25

博物馆是传统文化新地标 / 27

民俗知识不可缺失 / 29

民俗是文化寻根的使者 / 31

巷陌是民俗的守望者 / 33

让民俗"活"起来 / 35

1

风情芬芳

过了腊八就是年／39

年味情思／43

"送大馍"与"送老雁"／47

正月逢三"送瘟神"／51

正月十六"接闺女"／54

皖北婚宴"流水席"／57

太和酒俗——"走盅"／61

"抹喜灰"与"抹喜泥"／64

太和独特的"喝茶"习俗／68

"报喜"与"送粥米"／71

"打新女婿"与"骂老姑爷"／75

太和习俗"糊涂"考证／78

天大地大舅舅大／81

传家何须有金银／85

分家／88

说说长命锁习俗／92

太和民俗"结干亲"／95

九九重阳话"寿俗"／98

皖北"钱俗"／101

趣谈太和"鱼俗"／106

乡间记忆

追梦／111

风雨老屋／115

郝家集的"铁匠铺" / 118

大孤堆的故事 / 121

"合欢井"的传说 / 125

"清馀堂"宝壶记 / 128

说药神 / 131

独山火神庙拾趣 / 134

远行的"渔鼓曲" / 137

老街情缘

见识了宋代的排水沟 / 143

听到了徽商的脚步声 / 146

一道民俗风景线 / 149

听古人讲那遥远的故事 / 152

时光走了 600 年 / 156

君子镇上寻君子 / 159

留给现代人的一扇窗 / 162

柘皋遗梦 3000 年 / 165

和悦之洲 / 171

查济——一座露天博物馆 / 175

静观亳州花戏楼 / 179

厚岸之"厚" / 182

时光里的白马驿 / 185

江淮览胜

春风摇曳杏花村 / 191

文化霍山 / 195

巢湖姥山 / 198

广玉兰与"中堂牡丹" / 201

遇见"里厅山墅" / 203

"归园"归兮赛金花 / 207

安徽有个张玉良 / 211

追寻欧阳修 / 214

山门村的银杏 / 216

路遇"石门高" / 220

情走"清流关" / 223

"大关水碗"与"百年老梅" / 226

一文一武两棵槐树 / 229

后记 / 232

民俗:民族的文化标签

许春樵

提起泼水节,立刻想到了傣族;说到火把节,马上联想起彝族同胞的狂欢;只要把"春节"这两个字说出口,眼前就是杀猪宰羊、鞭炮喧响,以及腊八、除夕、元宵等热闹喜庆的场景,这是由汉民族延伸到整个中华民族的节日,东京、纽约、伦敦、巴黎等的华人在春节那一天,全都自发地走上街头,普天同庆。

是节日注解了一个民族,是民俗打造了一个民族的文化标签。

很显然,张守福散文随笔集《乡脉流长》就是对上述判断的深刻发现和生动阐释。

张守福是一个散文作家,也是一个民俗文化学者,这两个身份在《乡脉流长》这本书中得到了足够的实证,并释放出了足够的文学情怀和人文理想。

民俗是农业文明的产物,城市化是工业文明的标志。客观上城市化是"反民俗"的存在,所以才有了"乡愁"一说,才有了对"故乡"和"民俗"的回望和追忆,才有了对"民俗"的发掘、整理、再现、尊崇、认同、价值评估,最终定位于"民俗:民族的文化标签",《乡脉流长》自始至终贯穿着这一文学努力和思想意志。

张守福以他的人生经验和情感逻辑,对乡风民俗一边做着形而下的收集、梳理和文学描述,一边做着形而上的理性思考。"故乡"与"祖坟、乡音、炊烟、空气、味道、习俗"等意象相关,也与闭塞、贫乏、落后有关,但那里是你来到这个世界的第一站,那里有你的亲人、恩人、友人、爱人,那里是你精神和情感上的根脉所在,所以,"故乡"是一个地理性存在,也是一个精神性的家园,丰富而复杂,深邃而缠绵。张守福用"少年想逃离,老年又回不去的地方"对故乡做了理性概括,由此而衍生的乡愁,是那些"深切思念家乡的忧伤情绪,一头连着故土,一头连着亲情""记住乡愁,记住了自己从哪里来,又向哪里去",那是"一碗水、一杯酒、一朵云"的提醒和暗示。

文学用形象说话,最终落脚于情感和认知,《乡脉流长》中大量篇幅是记录和再现乡风民俗,"徽州三雕""长命锁""报喜""走蛊""腊八""上贡""祭灶神""拜年""出气""打新女婿""骂老姑爷""庄台孜"等一百多种民俗及物件,在文学叙事的加持下,不仅还原了场景,写出了韵致,又写活了人情世故,写透了历史烟云。在攒足了文学感染力的同时,张守福以自己的思考给文章定性或命名,"不要以文物的心态来看民俗,民俗物件不是时代标本,而是文化符号","只要民族在,民俗就不会消失","守护和传承传统节日,是历史的呼唤,是文化的呐喊,更是文明的期盼"。"民俗文化是中华民族的底色文化,是一切传统的根脉所在,也是一种源头文化。""博物馆是传统文化的新地标,是承载历史负荷的基地。"

民俗记忆,文化思考,这是《乡脉流长》的一个显著的特质。

《乡脉流长》的写作资源是乡风民俗,写作目标也是乡风民俗。前半部分是文化随笔,后面是叙事散文。《乡间记忆》《老街情缘》《江淮览胜》三辑中较为充分地展示了张守福的文学叙事能力和散文驾驭能力,《追梦》中写少年逃离故乡的梦境,梦境里"朦胧而分明,快乐而忧伤","快乐中张扬着激情,充斥着野性,忧伤中涌动着血脉,弥漫着乡愁"。这篇散文将乡村

"追梦"的丰富、复杂的精神与情感世界写透了写活了。《风雨老屋》写出了凝固的亲情,《说药神》《郝家集的"铁匠铺"》写"民间绝技";《大孤堆的故事》《"清馀堂"宝壶记》写"民间文物";《独山火神庙拾趣》《远行的鱼鼓曲》写"民间趣味",《见识了宋代的排水沟》《听到徽商的脚步声》《一道民俗风景线》等写"民间地理",另有写查济、孔城老街、毛坦厂、柘皋、屯溪老街、杏花村、清流关等的散文,笔墨集中于"积淀历史文化,故事浸透了古朴典雅与太多的想象憧憬"。这也可以看作是张守福"乡风民俗"叙事散文的基本调性,这是一个注入了自己思想与情感的审美姿态。

读完《乡脉流长》中的散文,也就读懂了张守福。

书中读出了张守福对文学创作、对民俗文化的追随与虔诚,读出了他的初心不改的意志近乎死心塌地。这是一种情怀,是一种心灵体验后的精神涅槃。

用文字的方式表达自己的生活态度、现实立场、人生趣味、生命理想,这是一个作家写作最初的逻辑起点,也是写作的终极价值之所在。

以张守福《乡脉流长》为例。是为序!

(许春樵,安徽省作家协会主席、安徽省文联副主席、中国作协全委会委员,享受国务院特殊津贴专家)

民俗乡脉

民俗,是先人走过的路,用过的物件,唱过的山歌,讲过的故事。千百年来,一代一代传承到今天,人们依然在走这条路,在用这些老物件,在唱这些山歌,在讲这些故事。只是,还是像先人那样,开辟了新路,创造了新物件,创作了新山歌,讲述着新故事……

日月如梭,光阴似箭。穿越时空,瞬息万变。经历若干年之后,今人又成了后人的先人,后人也会重复今人的岁月,还会像今人那样进行新的活动。天地在,日月在,山河在,生生不息,周而复始,循环往复,接力传承。这,就是民俗的力量。

流动的故乡

何为故乡？

有人说：祖坟在哪里，哪里是故乡。祭祖，是真正的传统之源。翻开中华民族的历史，祭祖，每个朝代都没有中断过。

有人说：祖籍在哪里，哪里是故乡。寻根，人性使然，根脉使然。落叶归根的情怀，是中华民族每个人的共同情怀。

有人说：乡音在哪里，哪里是故乡。亲不亲，听乡音。家乡话，是无师自通的一门学问，是天生的语言禀赋。

也有人说：故乡是少年时想逃离的地方，老年时想回去的地方。少年时想逃离并不是故乡不好，而是志在四方；老年时想回去不是故乡太好，而是打断骨头连着筋，家乡山水在内心。

而我要说：故乡是梦里的景象，这个梦十分遥远，且一梦千年。一头连着历史，一头连着现实。

我们都知道，千百年来，一代又一代的人，都把山西洪洞县的大槐树下，当作是自己的故乡。"问我祖先在何处，山西洪洞大槐树。祖先故居在哪里，大槐树下老鸹窝。"这是有据可查的，史载，明洪武三年(1370)至永乐十五年(1417)间，明朝政府先后数次从山西的平阳、潞州、泽州、汾州等地，中经山西洪洞县的大槐树处办理移民手续，领取"凭照川资"后，向全国广大地区实施大规模有序移民。其移民政策是，按"四家之口留一、六家之口留二、八家之口留三"的比例进行迁徙。明初经洪洞县大槐树处迁往全国各地的移民曾达百万人之众,其时间之长、规模之大、影响之深,不仅在中国历史上是空前的,而且在世界移民史上也是罕见的。

这就不难理解了,为什么有那么多人,不管身在何处,普遍都认可洪洞县的"大槐树"为自己的根了。

还有我们生活的合肥,原住民都承认自家是从江西瓦屑坝迁徙而来的,因为他们的方言及风俗,与江西的某些地方高度一致。所以,合肥有俗语曰"五百年前是一家"。

"橘生南国,深固难徙"。一方故土一方俗,一方水土一方人。北方人爱好吃面食,南方人喜欢吃米饭;四川人最爱吃麻辣,广东人偏爱吃酸甜。不要问为什么,这是千百年形成的习惯,习惯成自然了,从娘胎里出来的东西,是一辈子也改不掉的,这就是故乡的原色。

"此夜曲中闻折柳,何人不起故园情。"大诗人李白的《春夜洛城闻笛》一诗,传达出了我国民间"折柳送别"民俗的诗意和优雅,更传递出了一种思乡文化。

曾几何时,故乡是鸿雁传书。在漫长的历史进程中,由于书和材料演变等原因,书信曾经有过许多别称,比如简、柬、札、帖、笺、素、翰、函、尺牍、雁足、雁帛、雁书、鸾笺、八行书,还有音信、音讯、音问、音邮、音翰、音书、手书、手札、短简、短书、小书等等,都是书信的别称。"烽火连三月,家书抵万金。"史上写家书的诗词较多,而我对李煜的《长相思·一重山》情有独钟:"一重山,两重山。山远天高烟水寒,相思枫叶丹。菊花开,菊花残。塞雁高飞人未还,一帘风月闲。"与其说这是吟诵,不如说这是哭诉,如泣如诉,肝肠寸断。

曾几何时,故乡是落叶归根。在古代,外出的游子犹如飘落的树叶,终要有一定的归宿,生生死死,都要回到本乡本土。"栝木惭桑低别壤,芋苗护稻远分行。上书莫道便他郡,学稼终宜老故乡。"宋代诗人龙昌期的《故乡》一诗,把国人的故乡情结写到了极致。这位老夫子一生为官,一生漂泊,著书百余卷,年寿八十九,他和古代士大夫一样,不求外面盖高楼,只求故乡有坟头。

当然,故土难离,离即乡愁,愁绪缱绻,无止无休。古代如此,今朝依然。20世纪80年代初,我穿上军装走入军营,着实体验了一番思乡的滋味。从淮北大平原一下子来到碧波万顷的东海前哨,海岛上的一切都是陌生的,白天兵看兵,晚上听涛声,在操枪弄炮的间隙,想念家乡的亲人,思念故乡的小溪,多想深情地嗅一嗅家乡泥土的气息。多少个睡梦中啊,常能听到榨油房里的撞击声,建房打夯的号子声,黎明时分的鸡鸣声,早起耕地那清脆的牛鞭声……于是,就一封接一封地给家里写信,写给父母、写给舅舅、写给老师、写给同学、写给邻居,几乎每天都写信。记得那时候的信封信纸是部队自己印刷的,无偿提供给战士们使用,寄信也不要贴邮票,盖个军免邮戳即可。"老兵事多,新兵信多"。现在想想,我在当兵的第一年,可能写了一百多封信,如果能保留下来的话,可以编厚厚的一本书了。

忘不掉的乡土,诉不尽的乡愁。不难发现,其实,在历史的长河中,故乡并不是一成不变的,是迁徙的故乡、流动的故乡、变化的故乡。尤其在当今,正处于人员大流动的时代,客观上形成了"行走的故乡""手机里的故乡""微信上的故乡"。

故乡,永远是与时俱进的。

乡愁缱绻

当下，乡愁是个时髦的词汇，老年人说乡愁，中年人说乡愁，年轻人也说乡愁。报刊上写乡愁，电视里播乡愁，网络上传乡愁，乡愁无处不在，城乡皆有乡愁，人们似乎一下子多愁善感起来了。

乡愁，是地地道道的一个"国产"词语，意为深切思念家乡的忧伤心情，是一种对家乡的眷恋。追踪溯源，乡愁自古有之。古时候交通不便，战火、匪徒、野兽、天灾、人祸频繁，惊险叵测，离别就是生死，转眼就为永恒。所以，史上留下了一大堆描写乡愁的诗作。如"杨柳阴阴细雨晴，残花落尽见流莺。春风一夜吹香梦，又逐春风到洛城，"等等。

每个人都有故乡，而从古至今，对芸芸众生来说，不少人因生活所迫，又不得不离开故土。如果不是这样，哪有"背井离乡"这些词语呢！我一直认为，思乡情结，有种天然的成分。人类是从猿猴进化而来的，猿猴的故乡是森林，是大自然，大树是它们的家，河流是它们的家，山川是它们的家。从这个意义上说，其实，大森林的记忆，山川河流的记忆，才是人类最初的乡愁。

乡愁在《现代汉语词典》上的解释，一般是指漂泊在外的游子对家乡、对故土的思恋情怀。农村人到了城里，乡愁留在了土地上。小城市到了大城市，乡愁留在了故里。中国人到了国外，乡愁则留在了祖国。航天员飞向了太空，乡愁则留在了地球。

乡愁,是环境的转换,是记忆的变迁。

乡愁,是一道绵延不绝的风景线,沿途景色优美,故事精彩。

一个时代有一个时代的乡愁,一个人有一个人的乡愁。乡愁是条纽带,一头连接着故土,一头连接着亲情。乡愁是座桥梁,传递着文化故事。人们记住了乡愁,也就知道了自己从哪里来、又到哪里去,从而也就记住了文明发展之路。

乡愁里有血脉,维系着家,维系着国,是一种华夏子孙特有的家国情怀。乡愁里有密码,它不仅隐喻在每个人的举手投足间,更是隐藏在远古的原始森林里。乡愁是一种解不开的心锁,锁住的是民族血脉,你有,我有,他有。

乡愁也是一条回不去的路。既然顺着山川河流走来了,那就一直走下去吧,让乡愁永在,让乡情永恒。

正如一首歌所唱的:乡愁是一碗水,乡愁是一杯酒,乡愁是一朵云,乡愁是一生情。

乡愁是妈妈唤我小名,乡愁是炊烟袅袅升腾……

乡脉流长

你看,快过年了,在外打工创业的人们,又从四面八方回到了家乡。村里的车子多了起来,农家小院的炊烟袅袅升起,小孩子们在村子里打打闹闹,大姑娘小媳妇成群结队赶集去了,四周的老坟地里鞭炮声声,寂寞的乡野一下子热闹非凡。

曾几何时,清明、"七月半"、中秋节、重阳、冬至、春节这些传统节日,悄然成为乡村的"盛节"了。前些年我在肥东县工作时,就曾经历过冬至外出人员返乡"上坟"而出现的全县大堵车现象,村道乡道上面,排得满满的都是车辆,大半天纹丝不动,堪比大都市里的堵车盛况。不由得让人勾起一股浓浓的乡愁情绪。

翻开历史华章,乡愁是人类共同而永恒的情感,那些远离故土的游子,无论是达官贵人还是平头百姓,谁都会思念自己的家乡亲人,金窝银窝不如草窝,亲不亲故乡人。

"床前明月光,疑是地上霜。举头望明月,低头思故乡。"唐代大诗人李白《静夜思》一诗,写出了所有思乡人的心声。另一位诗人韦庄在《江外思乡》中写得更加直白:"年年春日异乡悲,杜曲黄莺可得知。更被夕阳江岸上,断肠烟柳一丝丝。"即使是在"烽火连三月,家书抵万金"的兵荒马乱岁月,唐代诗人王维在《送元二使安西》中也写道:"渭城朝雨浥轻尘,客舍青青柳色新。劝君更进一杯酒,西出阳关无故人。"对故土的眷恋,对亲人的留恋,漂泊在外的孤寂,跃然纸上,赫然入目。

　　在现代的乡愁诗中,当数余光中先生的《乡愁》,更能触动人的内心,直抵你心中最柔软的部分:"小时候/乡愁是一枚小小的邮票/我在这头/母亲在那头/长大后/乡愁是一张窄窄的船票/我在这头/新娘在那头/后来啊/乡愁是一方矮矮的坟墓/我在外头/母亲在里头/而现在/乡愁是一湾浅浅的海峡/我在这头/大陆在那头。"如泣如诉,如歌如舞,起起伏伏,每个字符都张扬着力量。

　　2000年我在南京陆军指挥学院上学时,恰逢余光中先生到南京访问,我专程从江北到江南,去聆听了一堂自称"江南人"的余光中先生的讲座。老夫子讲的是诗,是文章,是学问,是历史,是人生。但我听来,他讲的是乡愁,是一种根植于骨髓里的乡愁,是一种经历人世沧桑的乡愁,是一种穿越时空的乡愁,更是一种充满历史回声的乡愁。这位出生于南京、一生漂泊祖国台湾的游子,讲了一辈子课,写了一辈子文章,寻找了一辈子乡愁,终究成了一个时代乡愁的化身。

　　一方水土养育一方人,一方人也创造一方文化。由此可见,丝丝缕缕的乡愁,已演变成了一种独特的"乡愁文化"。在这种文化氛围里,有爹娘的呼唤声,有儿童的打闹声,有叫卖的吆喝声,有鸡鸣狗吠声,有村落炊烟,有绿水青山……

　　有人说,古代人的乡愁存在于边塞诗中,现代人的乡愁存在于上了年岁的人身上,没有在异乡生活过的年轻人,则没有什么乡愁,或者说有的是父辈、祖辈的乡愁。其实不然。不说别的,近些年,华侨后裔归国寻根者络绎不绝。他们寻找的,绝不是祖辈的故地故居故人故事,更不是好奇猎奇探奇惊奇。我想,他们要寻找的,是一种根脉,是一种血缘,是一种文化,是一种力量之源,更是一种生生不息的精神。

　　全世界所公认的,中华民族的历史是唯一没有中断的历史,中华文明的发展脉络有文字记载,有实物佐证,有故事流传,这些证据是雕刻在钱币上、石头上、甲骨上的,是清晰的铁证、铜证、石证、骨证……这就是文化的有序传承。

时下人们欣喜地看到,在日益城镇化的发展过程中,以历史文化、民风民俗为主题的街区街巷,正如雨后春笋般涌现。节假日,各地的博物馆里人头攒动,古镇古村游客云集。就连张国立主持的文博节目《国家宝藏》,在央视也取得了较高的收视率。应当说,乡愁有了更多的载体,这些载体把历史与现实联系在一起,让人们透过一个个具体的乡愁,看到了一条清晰的乡脉。

乡脉是历史传承、世代积淀的产物,通过传承、积淀、再传承、再积淀,亘古循环,绵延不辍。谁也不可否认,这是一种顽强拼搏的精神,更是一种无穷无尽的力量。

小时候心在远方,长大后梦在家乡。乡情永恒,乡脉流长。让我们顺着乡脉,满怀情感,带着温度,把乡脉一代一代延续下去吧……

徜徉在古徽州村落里

我恋上徽州,回想起来那是在1994年的中秋时节。那年,我在宣城军分区蹲点,调查了解基层民兵组织建设。在蹲点的第一个周末,军分区的李司令员要带我去乡下转转。于是,我们穿着便服,各骑一辆自行车,开始进村入户,到处看村民家的老物件。

李司令员对我说:"现在的徽州大地啊,就是一座明清博物馆,馆藏着古徽州的历史和人文,这些东西不保留下来,将来就是遗憾!"

说真的,我那时不到30岁,当兵出身,在军校学的是操枪弄炮,对李司令员带我看的那些宝贝,还真没有多少感性认识。所以,我就只能是好奇地看着李司令员问这问那、买这买那,他在村里买的东西,我就帮他提着、背着。返回的时候,我俩就用自行车驮着他的这些"宝贝",哼着军歌打道回府。

谁知在第二个周末,李司令员又喊我下乡"淘宝",我当然没有什么兴趣,就推辞说不愿意去再给他当"搬运工"了。李司令员哈哈一笑说:"这样吧,我收你为徒,一天给你100元,还管你吃饭。"师父给徒弟钱,天下还有此等好事?司令员讲到这个份上了,咱还能说啥呢,就乖乖地跟着他去吧。那趟下乡,司令员真的给了我100元,不过,那100元我没有装进腰包,而是跟着他学习买东西了。我至今记得,当时买的是两组十块木雕小花板,一组雕刻的是岳飞大战金兀术,另一组雕刻的是杨门女将,正宗的徽州木雕,都是晚清时期民间工匠的作品。

就这样一来二去,我真的变成了李司令员的"徒弟",节假日就去古徽州的乡下"淘宝"。不过,那时候工资低,也舍不得花钱,每次下乡,最多只能是花100至200块钱,买一些人家不要的窗子、柜子、床头上的花板以及坛坛罐罐之类,像捡破烂的一样。但我对此一往情深,且情有独钟。

渐渐地,我爱上了这些民间的老物件,且有一发而不可收之势。节假日时我经常往江南转悠,惹得一向对我高度信任的妻子表示了怀疑之态:"难道,徽州的大山沟里有你的情人?"我也君子坦荡荡地回答:"确有情人,这些民俗老物件就是我的情人,一日不见,如隔三秋。"

到过古徽州的人都知道,徽州人都是超级隐形"富翁",因为,他们几乎家家都有价值连城的"文物",连住的房屋都受保护,有的是国保,有的是省保,这种境况,如果不能穿越的话,又哪里能遇得到呢!知道这一点也就不难理解了,现在一到节假日,江浙沪游客云集徽州,普通民宿一晚都要上千元,他们享受的不仅是江南风光,更为重要的是这里厚重的历史文化。

在徽州,最为显眼的是遍地古建筑。这些古建筑早的有明代的,而以清代的居多。按现行的法规政策,民国时期的建筑,算是古建筑物了,这是古人留给后人的珍贵遗产。自古以来,自强不息的徽州人的信念是"穷不丢猪,富不丢书"及"耕读传家",读书入仕是第一选择。古徽州人当官的多,做学问的也多。所以,在浩浩荡荡的徽商大军里,处处可见"儒商"的身影。

徜徉在古徽州的老街老村,我感到成规模的古建筑,不外乎留有官吏、商贾的遗迹,几处遗留的大宗祠,也是有史上闻名的官吏、商贾做支撑,因为有他们的名声显赫,才有一个家族的兴旺发达。试想,历史的车轮滚滚向前,历经多年而留存于世,这需要多大的造化啊!这些散落在古镇古村上的古建筑,以及依附其上的历史文化,似一颗颗亮眼的明珠,熠熠生辉,光芒四射,吸引着来自全世界的游人。

　　当然,民间的一些老物件,包括老砖老瓦、老床老柜、老茶壶老烟斗以及锅碗瓢盆等日常用具,不乏明清甚至更早时期的物品。这些老物件虽说价值低廉,但它们是一个时代的见证,在每个老物件的身上,都留有那代人的温度。

　　一晃几十年过去了,我依然时常往古徽州跑,与一些老物件进行着亲密接触。这期间,我也碰到一些来自上海、杭州等地的"淘宝者",他们中有收藏人士,但也有为私人企业、文化公司收购老物件的。我一直在想,这些民间的老物件如果被收藏于各类博物馆,那也许就是它们的最终归宿。而如果是悬挂、摆放在饭店、茶楼、歌厅、浴池、会所里,不知这些老物件有何感想?

　　老物件确实不多了。不仅应当被珍惜,而且应受到尊重!

庄台孜的风景与文化

近闻阜南县西田坡庄台孜的旅游业搞起来了，今年以来已接待游客五万余人次，真想前去看看。

记得那是2019年年中，我随相关人员去阜南县的乡镇进行调研，察看了蒙洼行蓄洪区几处庄台孜，看到这些庄台孜是有别于淮北平原上的村庄的，庄台"高高在上"，风景都很优美，别有一番风味。所以，调研结束后在与县相关部门进行交流时，我突然冒出了一句："可整理开发'庄台孜文化'，发展庄台孜旅游，让独具特色的庄台孜成为乡村振兴新的经济增长点。"

对我的这条建议，县相关人员在表态发言时，特别强调，他们没有想到这个层面，这是个好创意、好项目，淮河儿女与洪水斗争了许多年，治理淮河许多年，现在看来，与洪水抗争也好，治理淮河也好，都凝聚在这一个又一个庄台孜上了，这就是"庄台孜文化"。

在淮河流域，庄台孜可以说是一道独特的风景线，也是独具特色的村落，在其他地方是没有的。这让我想到了国外的"古城堡"和我国的"古山寨"，文化底蕴浓郁，旅游发展都很红火。我相信，庄台孜作为淮河流域特定的历史文化产物，其开发生态旅游，大有文章可做，成为著名的旅游网红"打卡地"，指日可待。

走千走万，不如淮河两岸。淮河造福于人民大众，养育了一代又一代的淮河人。但是,历史上淮河又有"坏河"之说,我在淮南工作过,亲身经历过1991年的淮河大洪水,参加过抗洪抢险战斗,所以,我知道淮河的历史。过去,淮河每百年平均发生水灾94次,这个频率是非常高的。不少年洪涝旱灾并存,往往一年内涝了又旱,有时则先旱后涝,轮番上演,年际之间连涝连旱等情况也经常出现,闹腾得两岸人民流离失所,深受苦难。新中国成立之后,淮河流域或局部共发洪水10余次,淮河安徽段有16处行蓄洪区,总面积2813.4平方公里。其中,阜南县王家坝曾在12年内15次开闸蓄洪,蒙洼蓄洪区人民做出了巨大的牺牲。

于是,治理淮河,与洪魔做斗争,成为一首永恒的战歌。

于是,有一批被叫作"庄台"的村子,成为治理淮河的标志性胜利品之一。它是两岸人们痛苦的记忆,又是人们赖以生存的救命堡垒。

1991年大水之后,淮河两岸又兴起了新一轮修建庄台的热潮。打庄台,这好理解,用泥土堆高的一个平台,在平台上盖房子,整个村庄都建在高台上,这个就叫"庄台孜"。至于为何用"孜"而不用"子",或为何要加个"孜"?我没有考证,这可能是皖中淮河流域的村落习惯性的称谓吧。庄台,这绝对是民众的发明创造。它是淮河蓄洪区的群众在抗击洪水的历史进程中,建造的一种特殊民居。生活在淮河蓄洪区中的居民在地势较高的地方,用泥土筑垒高台,将村庄建于其上而不受水淹,形成庄台孜,被称为"特殊村落""庄台部落"。

远远望去,这一个个形似城堡的庄台孜,有点让人浮想联翩。不可否认,多少年来,庄台孜保护了两岸的淮河人,洪水来了,淮河人不再流离失所,大伙儿有地方居住,还可以捕鱼捞虾,就不能称为"灾民"了。从这个意义上说,庄台孜,成了两岸淮河人的"保护神"。

淮河是黄金水道,淮水两岸风光旖旎,自古是人们聚居的福祉,文化深远而厚重。作为一名淮土之人,我还是要为淮河文化宣传一番:根据考古发现,早在旧石器时代,淮河流域就有人类活动,目前已经发现的远古时代的文化遗址就有100多处。尤其是"老庄文化",那可是淮河流域的"本土文化"。老庄,是老子和庄子的并称,老子著有《道德经》,庄子著有《南华经》,在史上类似于孔孟。况且,"临淮自古多名士",随便说出一个历史名人,都会让人张大了嘴巴,比如说甘罗,比如说管仲,比如说鲍叔牙……星罗棋布,闪闪发光!

这就是淮河庄台孜的文化底蕴。

随着时间的演变,现如今的淮河,已成为一条致富河,淮河生态风光带美如画卷,淮河经济发展带呼之欲出,沿淮河那灿若星辰的199个庄台孜和35座保庄圩,就像打扮得花枝招展的少女,俏皮地站在淮河沿岸,期待着四面八方的游客前来"相亲"。

历史与现实的对话

研究民俗工作,就是行走在历史和现实之间,寻找民族文化的根,完成历史与现实的对话。人民大众约定俗成的东西,才能称之为民俗。这个约定俗成或许是几十年,或许是几百年,或许是上千年,或许是更加漫长的岁月。因此,我们没有理由拒绝民俗。

民俗离我们的生活并不久远,我们不能把一件件民俗老物件看作是一个个时代标本,而应该看作是一个个文化符号,当你目睹这一件件老物件时,你会感到这是在自己的家里,你会觉得这都是自家里的东西。民俗属于你、属于我、属于我们每一个人。所以,我们不要以观赏"文物"的心态来看民俗。民俗具有"大众化"的特征,它源于生活,过去为大众所使用,现在为大众所欣赏。

中华文明历史悠久,民俗文化博大精深,美轮美奂的江南水乡也好,如诗如画的古徽州村落也好,都蕴藏着优秀的民风民俗。那些散布城乡的古庙宇、老祠堂、旧民居,它们不仅有沧桑的外壳,还有厚重的文化底蕴,承载着或曲折或悲壮的凄美故事,行走在历史和现实之间,成为一种久远记忆和现代想象的物证。

时间会老去,谁也阻挡不了社会前进的车轮。时代会更新,发展变化是不以人的意志而转移的。尤其是近年,城镇化推进步伐较大,城中村改造也好,新农村建设也好,老物件大都随手扔掉了,过时的没用的东西,扔了也没人觉得可惜。一个时代有一个时代的历史特征,一个民族有一个民族的风物人情。但民俗是需要一代接一代人传承的,把民俗实物留存下来,把民俗事象传承下去,是一代人的责任和义务。

　　正如著名作家肖复兴所说:"民俗是民间的一种信仰,只要这个民族还在,民俗就不会消失。"看来,留存这些并不久远的记忆,无论是对历史还是未来,无论是对先人还是后代,无论是对社会还是文化,都是一个最基本的交代。

屈原与民俗

屈原（前340年—前278年），战国时期楚国诗人、政治家。芈姓，屈氏，名平，字原。出生于楚国丹阳（今湖北秭归），楚武王熊通之子屈瑕的后代。1953年是屈原逝世2230周年，世界和平理事会通过决议，确定屈原为当年纪念的世界四大文化名人之一，使屈原进入世界级名人俱乐部。

屈原是楚国重要的政治家，早年受楚怀王信任，任左徒、三闾大夫，兼管内政外交大事，主张变法。他提倡"美政"，对内举贤任能，修明法度，对外力主联齐抗秦。因遭贵族排挤毁谤，被先后流放至汉北和沅湘流域。公元前278年，秦将白起攻破楚都郢（今湖北江陵），屈原悲愤交加，怀石自沉于汨罗江。

自此，屈原这个名字，就与民俗融合在一起了。过端午节、插艾草、包粽子、赛龙舟，渐渐地，种种纪念屈原的活动，就成为各地民俗活动的重要组成部分。

传统节日是中华民族悠久历史文化的重要组成部分，形式多样、内容丰富，有春节、元宵节、上巳节、寒食节、清明节、端午节、七夕节、中元节、中秋节、重阳节、下元节、冬至节、除夕等。其中，春节、清明节、端午节、中秋节四大传统节日，兼具自然与人文内涵，被设定为国家法定节日。

传统节日的形成，是一个民族或国家的历史文化长期积淀凝聚的过程。中华民族的古老传统节日，涵盖了原始信仰、祭祀文化、天文历法、易理术数等人文与自然文化内容,蕴含着深邃丰厚的文化内涵。从远古先民时期发展而来的中华传统节日,不仅清晰地记录着中华民族先民丰富而多彩的社会生活文化内容,也积淀着博大精深的历史文化内涵。

在五千年的文明进化史上,这些带有明显民俗元素的节气、节令、节日,塑造了华夏文明的完整脉络,构筑了中华民族的发展轨迹。悠悠艾草香,绵绵情谊长。在文化的表现形式上,端午节是与屈原画等号的。我国在端午节祭祀屈原,传承民俗文化,就是呼吁全社会不忘历史,感知民俗,传承风尚,传播文明,激发爱国热忱,努力实现中华民族伟大复兴的"中国梦"。

我国的文明史是一脉相承的,无论怎么改朝换代,中华文明从没有中断过。所以,时至今日,端午节仍然是我国的一个重要节日,谁也争不走,因为因屈原而设的节日,屈原的身上写满了民俗情怀。

"节分端午谁自言,万古传闻为屈原。堪笑楚江空渺渺,不能洗得直臣冤。"2000多年前,爱国诗人带着《离骚》的激烈情怀,带着《怀沙》的满腔悲愤,怀揣《九歌》《九章》《天问》等,毅然抱石投江。相传,屈原投江自尽的消息传来,汨罗江两岸的百姓无不失声痛哭,他们驾着自家的小船纷纷赶到江里,盼望能找到屈原的遗体。同时,为了不让江里的鱼虾鳖蟹吃掉屈原,百姓把自家的饭团、鸡蛋、腊肉等食物扔到江里。从此以后,每逢五月初五这天,人们会自发地把美食、美酒投放到江里,并竞渡龙舟,以纪念这位伟大的爱国诗人。

屈原之后,千千万万个优秀儿女挺起了中华民族的脊梁,撑起了华夏文明的天空。今天,我们行走在中华民族伟大复兴之路上,更应该以胸怀天下为己任,以人间大爱为准则,挺起坚实的胸膛,立足自身岗位,自觉做高尚道德的实践者,做优秀传统文化的传播者,做文明成果的创造者,做人类发展的贡献者!

传统节日要传承

春节临近,春姑娘迈着轻盈的脚步,迎着和煦的阳光,款款地向我们走来了。在这个多情的季节里,人们热热闹闹地过着传统节日,也有滋有味地庆祝着诸多外来的节日,即所谓的"洋节",比如"情人节",商家的促销活动如火如荼,节日氛围比过年还要浓烈,尤其是少男少女们,他们对过传统节日往往提不起精神,而过"洋节"却生龙活虎,来劲得很。

外来的圣诞节、情人节、感恩节、父亲节、母亲节等等,在商业活动的推波助澜下,在部分年轻人群体里,确有些市场,受到年轻人的追捧和青睐。目前人们的价值观呈多元化趋势,在地球村日益形成的今天,我认为毫不奇怪。我们的传统文化,历来是海纳百川、融合发展的,这是一种民族精神,更是一种文化自信。而有些人担忧外来节日会冲淡国人对传统的坚守,对传统节日的传承,我认为大可不必,更不能"杞人忧天"。

时下的节日确实很多,传统节日也好,外来节日也好,节日月月有,且各不相同,这着实给人们的生活注入了斑斓的色彩。我们的民族是个包容的民族,海纳百川;我们的文化是个融合的文化,百花齐放。当今互联网时代,拉近了世界各国之间的距离,国人过"洋节"也是大势所趋,无可厚非,并不用排斥。

然而,别忘了传统节日是中华民族的"传家宝",在古老国度的发展进化史上,每个传统节日都是一个个台阶,积累了太多的民俗元素,沉淀了太多的文化底蕴,凝聚了太多的血脉情感。一个深入骨髓里、融化基因中的传统节日,汇聚的是民俗、是民心、是民意,更是文化,处处闪耀着民族凝聚力的光芒。在每个传统节日,我们都能看到其独特的教育功效,比如爱国爱民、尊老爱幼、孝亲睦邻、重情重义等等,这种教育功效源于民间,契合社会主义核心价值观,是一种自我教育形式,对全民都有约束力。

再者,传统节日经过千百年的历史传承,留下了大量的诗词歌赋,形成了灿烂的节日文化,催生并丰富了中华文明,滋养着一代又一代人。时光进入21世纪的今天,面对全新的社会环境,我们的亲情伦理、社会关系、价值观念乃至行为方式等,难道不需要靠老祖宗留下来的这些优良传统来滋养、来凝聚吗?!

习近平总书记指出:历史文化遗产承载着中华民族的基因和血脉,不仅属于我们这一代人,也属于子孙万代。要敬畏历史、敬畏文化、敬畏生态,全面保护好历史文化遗产,统筹好旅游发展、特色经营、古城保护,筑牢文物安全底线,守护好前人留给我们的宝贵财富。

传统节日,就是重要的历史文化遗产的一部分。说到底,传统节日文化是社会底层的孝、亲、慈、爱、礼仪文化,每个传统节日无不传达和体现着对亲情、友情、爱情、族情、乡情的珍视和敬畏。这里具有中华传统的团圆、和谐、睦邻、友善、吉祥、如意、发达、兴旺的精神内涵。

因此,守护和传承传统节日,是历史的呼唤,是文化的呐喊,更是文明的期盼,发展的源泉。

文化藏在民俗里

古语说："十里不同风，百里不同俗。"自古以来，一地有一地的民风，一地有一地的民俗，民风民俗具有显著的地方特色，是传统文化的集中体现。

我们知道，民风民俗的形成，是日月的积累，风雨的洗礼，时光的沉淀，年华的铅成。一般来说，民风民俗靠的是言传身教、口口相传，世世沿袭，代代传承。所以，民俗文化是一切传统文化的根脉所在，也是一种源头文化。

一切文化都是学者系统总结出来的。民俗学有一个词叫民俗事象，这是关于人们生产、生活、文娱、制度、信仰等方面的民俗活动和民俗现象的总称。能被称为民俗的活动和现象，不是现代人的随意定论，它需要几代人、十几代人甚至几十代人的共同遵守，约定俗成，久久成俗，才能相对固定下来。这里没有快餐，不能搞"短平快"，过程极其漫长，绝不是一蹴而就的。

由此可见，真正的文化，不是在课堂上，不在电影电视里，也不在书本里，一定是隐藏于民间，蕴藏在民俗事象里，表现于日常百姓的衣食住行、言谈举止里面，是写在大地上的文化。虽说土气，实乃大雅。看似平凡，实乃深远。

任何事物都是一分为二的，民俗文化也是这样。民俗事象的形成和传承，固然有精华和糟粕之分。但人们在历史长河中，自有排异功能和自我革新的勇气,良俗一定是主流,恶俗已逐步被人们所淘汰。因此,我们不能用"阳春白雪"和"下里巴人"来界定民俗文化,因为民俗文化是属于整个中华民族的,是经过一代又一代人实践检验过的文化,是全民族所共有的一种大文化,人人创造、人人遵守、人人传承、人人受益。

优良的民俗,都是劝孝、劝善、劝和、劝上的,可以帮助人民群众认知什么是真善美,什么是假恶丑,激发人们积极向上的内动力。民俗文化的教化功能,场面往往是轰轰烈烈,实质则是"随风潜入夜,润物细无声"的。

这就是民俗文化的奥妙,也是民俗文化的魅力。

民俗是传统文化的精华

近期,随着各地民俗文化博物馆的蓬勃兴起,对民间留存的这些民俗物件,出现了褒贬两种声音:一种声音说其是民间宝藏,十分难得,文化精华,价值连城;而另一种声音则说,这些老物件粗制滥造,已被历史潮流所淘汰,没有保护和珍藏的必要。

应当说,这两种声音代表了当今人们对民俗物件的态度和立场,仁者见仁,智者见智,不能说孰对孰错。不过笔者以为,我们首先要承认这个事实,那就是所有的民俗物件,都在历史发展进程中有一定的贡献意义,曾为人们所使用,也与人们相伴相生。也就是说,这些民俗物件或远或近,都是那个时代的精品,带着先人的体温,温暖着后代子孙。

现如今,当我们用陌生的目光关注这些民俗物件时,是否可以理解为,我们的先人也用同样的目光在注视着我们,没有先人就没有后人,没有这些老物件,也显示不出新事物,历史是社会发展的回声。

比如说古徽州的"三雕"作品,不论是木、石、砖,都是匠人用心血和智慧书写历史,他们不是鸿儒,不是学士,不是作家,没有文凭,但他们带着纯朴的情感,用手中的刀斧,一刀一斧地把一个时代的风土人情、喜怒哀乐、价值取向、信仰追求等,生动形象地展示出来,往往是集千百年来的儒、道、佛学于一体,全景展现,是雕刻在木、石、砖上的"史记",是再现先人活动轨迹的"书籍"。

所以,我们可不可以说,民俗是部百科全书,是知识海洋的源头,是真正的文化精华?民俗类博物馆是传统文化的载体之一,建设民俗文化博物馆,让民俗从历史中活起来,从民间走出来,走进现代生活之中,为现代人服务,发挥教育和启迪的作用,具有积极而深远的意义。我坚信,这些优秀的民俗文化,不论是现在还是将来,仍将以其独有的优势,滋养着一代又一代人,推动历史车轮滚滚向前,人类文明接力发展。

博物馆是传统文化新地标

博物馆,是承载历史负荷之处,前接古人,后示来者。

2015年2月15日,习近平总书记在陕西西安调研时指出:"一个博物馆就是一所大学校。要把凝结着中华民族传统文化的文物保护好、管理好,同时加强研究和利用,让历史说话,让文物说话,在传承祖先的成就和荣光、增强民族自尊和自信的同时,谨记历史的挫折和教训,以少走弯路、更好前进。"

文物是历史的见证,是人类文化和技术的结晶。对文物的保护既是对优秀传统文化的传承,也是对社会共同记忆的守护。

这几年,随着故宫博物院走进央视,全国各大博物院(馆)举办各种活动,文博人从幕后走向了前台,文博活动丰富多彩,真正地让文物"活"起来了。

让文物活起来,把文化带回家,让人们透过一件件文物,从深厚的历史典籍中,去寻根追魂,这也叫"文化寻根"。

中华民族生生不息,形成了神圣而崇高的华夏文明,站在历史的制高点上,受到世界各民族的瞩目、仰望。在中华文化的大家族里,百花争艳,各有千秋。中华传统文化博大精深,源远流长,千百年来,滋润着一代又一代人。

一花独放显春意,百花齐放春满园。古往今来,世界各地涌现出了无数的博物馆,馆藏着历史文化,推动着文明发展。大自然是位慈祥的老人,给世间万物的爱都是平等的,阳光是平等的,雨露是平等的,空气中充溢着温馨,爱洒人间,因而和谐相生。有了各类博物馆,艺术的传承性、兼容性、连续性、创新性,就能够自然有序地流动,如行云流水,波澜不惊。

  文明发展到一定的程度,就有个互鉴和升华的问题。参观博物馆,学习先人创造的文明,就是一种积极的态度。尤其是老牌资本主义国家,更是重视各类博物馆建设,无论是大城市还是小城镇,博物馆是标志性建筑,是游客的首选"打卡"之处,人们要了解当地的历史风情,只有从形形色色的博物馆里寻觅。所以,博物馆是神圣之地,是活的典籍,是全民族的艺术宝库。

民俗知识不可缺失

关注民俗文化现象,呼唤传统文化回归,一个基本的做法,就是要普及民俗知识,传播民俗事象,弘扬民俗文化,让民俗走进千家万户,让民俗文化惠及人民大众。

不可否认,在一个很长的时期,随着社会的转型发展,外来文化的输入渗透,新兴传媒的蓬勃兴起以及宣传层面的缺失,等等,人们日常生活中的民俗元素受到了挤对,造成了基本民俗知识的缺失,一些人丢掉了中华好传统,凡事追求"高大上"和"新奇洋",比如,传统节日不如洋节,传统戏曲不如韩剧,国产电影不如美国大片,本土牛奶不如进口牛奶,等等。更要警惕的是,这种国家和民族历史观的错位,会导致人们世界观、人生观、价值观的偏移,不利于一个民族的发展进步和文明进程。

民俗是人们风尚、礼节和习惯的总和。民俗史既包括衣食住行的物质生活史,人生礼仪、岁时节日等社会生活史,也包括民俗信仰、民俗文艺及家谱、唱本、契约文书、碑刻等精神生活史,甚至还可以扩大到民间工艺史、民间医药史等方面。孔子说:"移风易俗,莫善于乐;安上治民,莫善于礼。"荀子说:"论礼乐,正身行;广教化,美风俗。"可见,民俗的社会教化功能,民俗的文化传播作用,是中华文明的宝贵财富,理应受到全社会的重视和人们的普遍尊重。

我国长期积累形成的民俗文化丰富多彩,博大精深,是中华传统文化中最具生命力和影响力的文化之一,是我们5000年生生不息、文明发展的不竭动力之源,是民族凝聚力的桥梁和纽带。因此,保护民俗事象,普及民俗知识,弘扬民俗文化,正当其时,时不我待。

　　知民俗、懂民俗、用民俗,愿民俗之花开满大地,愿优秀传统文化绽放光芒!

民俗是文化寻根的使者

在人们的心目中,民俗是过去的东西,是一个地方长期形成的风尚和习俗。不管是物质民俗还是精神民俗,社会民俗还是语言民俗,都是先人的实践活动,并被后人所接受和传承,是一种传统文化事象。

历史证明,不了解一个民族的民俗,也就不能充分认识这个民族。我国是多民族国家,各民族都有各自的民俗事象,也都有各具特色的民族文化,这些民族文化汇集在一起,就是中华民族大家庭的传统文化宝库。

文化是一个民族的整体生活方式和价值追求。传统文化博大精深,集儒、道、佛、墨等诸子百家的精华,包括古文、诗、词、曲、赋、音乐、戏剧、曲艺、国画、书法、对联、灯谜、射覆、酒令、歇后语等,无论是见诸文字的还是口口传诵的,都被赋予了强大的生命力,历经千百年而经久不衰,成为今人乃至子孙后代的宝贵财富。由此可见,文化是具体的不是抽象的,是有旺盛生命力的,它不仅是社会意识形态,还是人伦道德的外延,是一种强大的精神力量,是综合国力中的"软实力"。

我们要知道,传统文化落脚在文化,重点在传承。相对于当代文化和外来文化而言,传统文化是其根脉,是文明发展的源头活水。当前,出现"泛文化"现象,披着文化外衣的"伪文化"太多,糟粕的东西挤压了健康的文化市场,博大精深的优秀传统文化受到了前所未有的冲击,甚至颠覆了人们对"文化"概念的认知。所以,传承优秀传统文化,巩固华夏文明成果,是一项现实而紧迫的时代任务。

　　在完成这个任务的过程中,我认为,民俗是传统文化的使者,顺着民俗事象寻根,就找到了传统文化的源头。它扮演着承上启下的角色,具有不可替代的作用。那些物质的、制度的、精神的文化实体和文化意识,都与民俗有着千丝万缕的联系,比如说民族方言、服饰、生活习俗、风土人情、古典诗文、故事传说、忠孝人伦等等,都是通过民俗传承的渠道,让历史与现实连接起来,使传统文化放射出熠熠光芒。

巷陌是民俗的守望者

古镇,特指有着千百年以上历史的、供人们集中居住的建筑群。老街,专指这类古镇建筑群里的巷陌。说起古镇老街,人们会自然而然地想起悠长的巷道、长条的青石板、砖木结构的铺面、雕梁画栋的装饰、热热闹闹的市井百象,构成了一幅祥和富足的人间图景。

一般说来,历经千百年而保存下来的古镇老街,不外乎具有这些条件:水陆通衢,交通发达;特产丰富,商贸繁荣;人文荟萃,名人辈出;深宅大院,建筑考究;崇尚儒学,底蕴深厚;居民善良,民风淳朴,等等。

"小楼一夜听春雨,深巷明朝卖杏花。"古老的街巷或深或浅,都储存有新婚的唢呐、婴儿的啼哭、孩提的童话、妈妈的摇篮曲、爷爷奶奶的故事以及商贩的吆喝、炊烟下传出的酒令、私塾里的琅琅书声……这些寻常的巷陌,沐浴日月的洗礼,承载着千家万户、生生不息的悲欢离合。它完整地记录了历史的沧桑变迁,刻下了时代的兴衰风貌,蕴含着浓郁而活跃的文化因素。

应当说,目前留存的每一个老街老巷,都是一座极富民俗风情的博物馆,收藏着人们烙下的生存发展的印记。今天看来,岁月真的是把无情的钢刀,使古老街巷尽显斑驳陆离,萧条破败。从庐江黄屯到巢湖柘皋、从铜陵大通到桐城孔城、从寿县瓦埠到濉溪临涣……这些隐藏在民间的古老街巷,就像存放在摩天大楼墙角的自行车,不仅渺小,而且孤零零。它们寂静地躺在民俗的长河里,守望着历史的天空,无声地讲述着一代又一代人的故事。

好在老街已乘上了时代高铁,步入了转身发展的快车道。

让民俗"活"起来

随着优秀传统文化的逐步回归,各地对传统民俗事象也开始重视起来了,民俗馆建设如雨后春笋,在古街、古村乃至各个旅游景点涌现。与此同时,以传导民俗文化为载体的家风、家训、家谱及祠堂建设,也在城乡兴盛不衰。这样一来,民间那些不起眼的民俗物件,包括一些生产工具和生活用品,也一下子成了"宝贝",变身为"古玩",登堂入室成了民俗类博物馆里的"馆藏品"。

应当说,在社会大变革的新时代,传统的东西具有无可替代的传承作用,让新一代人知道自己从哪里来、到哪里去,理解社会的发展轨迹,珍惜先人的劳动果实,这恰恰是人类文明发展的需要。

著名学者余秋雨说过:"在这喧闹的凡尘,我们都需要有适合自己的地方,用来安放灵魂。"所以,民俗博物馆作为传承民俗文化的重要场所,不仅是一个新的文旅资源,更是连接过去、现在、将来的桥梁和媒介,是人们的一种精神生活。大家从这里可以看到,每一个民俗物件,都是一个标本,变身为文明的使者,传递着历史的回声,丰富着人们精神世界,教育着一代又一代人。从这个意义上说,民俗博物馆同样是一处可以安放灵魂的地方。新的时代,新的传承,新的发展。让民俗活起来,把文化传下去,是一个时代的责任。这有点像大型文博节目《国家宝藏》的宣传词:让文物活起来!活起来,就有了活力,就会走进人们的生活,直接为人民所利用。

正如2016年4月习近平总书记所指出的："文物承载灿烂文明,传承历史文化,维系民族精神,是老祖宗留给我们的宝贵遗产,是加强社会主义精神文明建设的深厚滋养。保护文物功在当代,利在千秋。"

风情芬芳

大千世界，泱泱国土，芸芸众生，一地有一地的风物人情，一地有一地的人间精灵。

淮北大平原，接近大中原，自古人文荟萃，群雄丛生。这片神奇的土地，曾经有杀声阵阵的金戈铁马，留下了浩瀚的典籍，创造了灿烂的文化，点亮了华夏的天空。

老子、庄子、管仲、甘罗、华佗、曹操……这一个个名人的背后，都有一串串的历史传说，任后人挖掘，任后人评说。悠悠风情在，习俗传古今。民间智慧，无尽宝藏，取之不尽，用之不竭，润泽后人。

作为生于斯、长于斯的淮北平原人，自然是对这方水土、这方人情、这方风俗、这方文化，情有独钟。整理挖掘这里的民俗风情，我辈有责，使命在胸。

过了腊八就是年

皖北有句俗语："小孩小孩你别馋,过了腊八就是年。"意思是说,过了农历腊月初八,离过年就不远了,离除夕也就越来越近了。

农村人辛辛苦苦劳作了一年,到了腊月,地里没有庄稼活可干了,就可以休养生息了。人们从春忙到夏,从夏忙到秋,从秋又忙到冬,一年忙到头,到了这个当儿,大伙儿聚集在一起,吃好一点,穿暖一点,欢欢喜喜过大年。因而,千百年来,民间留下有"喝腊八粥""吃腊八面""腌腊八蒜"等习俗。

腊八节也叫"八喜节",本来,所谓"八喜",是民间的八种谷物果物,有丰收盈余之意,就像现如今饭店里有道菜品名叫"大丰收",是玉米、花生、山药、红枣、胡萝卜等的集合体。到了腊八时节,家里粮食满仓,柴火成垛,不缺粮吃,不愁柴烧,这对农家人来说,确实是值得庆幸之事、大喜之事。

吃了腊八饭,就把年来办。每每到了这个时节,闲下来的人们就开始张罗着办年货,男人负责把小麦磨成面粉,囤积一些大白菜、大萝卜、大葱、大蒜、粉条,置备油盐酱醋茶,再穷也要买几包香烟,以备待客之需。女人开始打扫庭院,洗涤衣物,洗刷灶具,里里外外干干净净,焕然一新。

男大当婚,女大当嫁。腊八节,往往也是婚喜之季,过去农村比较封闭,青年男女自由恋爱的不多,媒婆比较盛行。于是,说亲的说亲,定亲的定亲,要亲的要亲,娶亲的娶亲,村村寨寨吹吹打打,非常热闹。说实在的,那时候虽然贫穷,但婚礼的热闹程度,非今日可比。如果村子里有一户人家娶媳妇,就是全村人的大喜事了,天不亮,村里的男人们分工明确地到女方家"接亲",抬花轿的,抬嫁妆的,放鞭炮的,"接亲"队伍少则十几人,多则几十人,说说笑笑,热闹非凡,现在影视剧里的"接亲"场景,无论多么气势恢宏,也拍摄不出那种感觉的。

当然,传统意义上的腊八日,也是民间的祭祀日。这天,家家户户都要祭祀门户神灵及宗族先人,"诸神而祀之""祖先必祭之"。祭祀由家中的当家男人操持,其程序有二:首先是将祭祀品取一点丢在地上,口中念叨"诸神有份,神灵佑护";其次是将祭祀品摆放在堂屋祖上灵位跟前,感谢祖上先人的庇护。

腊八节的仪式感是很强的,这几年,有些商家搞噱头,在大街上让过往群众喝"腊八粥",名为弘扬传统文化,实是变了味的商业宣传。古时候的"施粥",一是寺庙,二是官家,三是大户人家,喝粥的都是吃不上饭的群体,是穷人的"救命粥"、施主的"功德粥",所以被底层群众所铭记,成为中华优秀传统的一部分。

应当说,过年,是中华民族几千年来民间最大的节日。过去物质匮乏,长年吃不饱穿不暖,年来了,消费也就来了,所以叫"年关",有"小孩子过年,大人们过关"之说。因是传统使然,一般来说,就是再贫穷的家庭,也要积攒点粮食,买几斤猪肉,有鸡有鱼,吃几顿好的饭菜,农家人也就心满意足了。如果家境殷实点的,那还要买点好看的布匹,家中的大人置办一身新衣服,出门体体面面、风风光光的;小孩子们缝制一身花衣服,花枝招展、喜气洋洋,那就再好不过了。

腊七腊八,冻掉下巴。想想那个时候的腊月,如果用"天寒地冻""冰天雪地"来形容,那还是不够到位的。记得那时候的雪,飘起来像鹅毛般大小,一下就是十天半月的,雪层厚度差不多到膝盖,真的是"一片白花花的世界"。民谚曰"下雪不冷化雪冷",下雪时还好受些,到了冰雪融化的时候,鞋子踏湿了,感觉冰凉入骨,冻得人上下牙齿不停地打架,直到浑身抖抖擞擞,像筛糠一样。几天下来,手脚冻烂了,耳朵和脸颊也生了冻疮,走起路来脚疼,上学写字手疼,出门包着耳朵,捂着双手,用棉布裹住脸颊,就像电影里的伤病员。小时候的冬天景象,记忆太深刻了。

冬天的乐趣也是不少的,沟里河里结了厚厚的冰,溜冰是很多农村孩子都会的游戏。虽说不可能有现在的溜冰鞋等一套行头,但我们穿着棉鞋的溜冰动作,想来那还是比较潇洒的,整天在冰上运动,浑身冒着热气,用现在时髦的话说,那真是"爽歪歪"!当然,事物都有两面性,有一次我们在村边的"八丈河"里滑冰,刚滑到河中间,就听"咔嚓"一声炸响,冰面开裂了,几个小伙伴像下水饺一样,都掉进了冰窟窿里,河水很深,刹那间,我们几个连头发梢都看不见了。好在有不少大人都在场,他们迅速把冰面砸开了,一个接一个地把我们"捞"上了岸。至今我还记得,当时,我大(皖北农村称呼父亲为"大",据考证,陕西、山西、山东、河北、河南、安徽都有这种称谓)气得狠狠地踢了我几脚,父亲的劲真大,踹得我两眼冒金花。母亲给我熬了姜汤,让我接连喝了几大碗,直到喝出一身汗水。农村的孩子命大,在冰窟窿里折腾了半天,居然连感冒也没有,现在想想也是不可思议。

腊八,是年的出发地。腊八之后,过年就更近了,直至形成了固定的年俗:腊月初十,天天赶集;腊月二十,收拾整齐;腊月二十三、二十四祭祀灶神,"君祭三、民祭四""上天言好事,下界保平安";腊月二十五,账上走一走,该收账的收账,该还账的还账,民间有"过年不欠账、年关不要账"之说;腊月二十六蒸大馍、蒸"枣山"、蒸包子,自古民间有个不成文的比赛活动,那就是对比谁家蒸得大馍大、谁家蒸得"枣山"高、谁家包子包得圆的习俗,省级非遗"皖北花馍",就是过年对比蒸大馍流传下来的杰作;腊月二十七炸麻叶、炸糖糕、炸果子;腊月二十八"稣鸡""稣鱼";腊月二十九"烀肉";年三十穿新衣;年初一拜大年;年初二闺女回娘家……

一年一年,周而复始,久久成俗,成为一个地方的年俗文化了。

年味情思

年的脚步越来越近了,年味也越来越浓了,各大商超都摆满了春联、灯笼、红包、大礼包、中国红、同心结、窗花……远远望去,红彤彤一片,给人以喜气洋洋之感。

现在人们总是抱怨年味不足,感受不到过年的氛围了,我看不尽然。恰恰相反,过年搭上了高科技班车,把年味渲染得越来越浓烈了。

你看,大中小城市,乃至村村镇镇,大大小小、花花绿绿、快速转换、闪耀人眼球的各种电子屏幕,上面的画面都是过年的光景,家家户户的电视上,亦是如此。更何况人人手机微信里的内容,无时无刻不在传递着过年的讯息。

如果往前推进几十年,恐怕做梦也不敢想象,年味是如此变迁吧!

记得小时候,俺家皖北农村比较贫穷,物资匮乏,平时吃不饱穿不暖,更吃不上肉了,农村孩子最盼望的,就是过年了。因为,到了过年,再穷的人家,也要蒸白面大馍,杀鸡,酥鱼,烀肉,穿新衣服,拿压岁钱,走亲戚,放鞭炮,燃烟花,堆雪人,打雪仗……

过年是有节奏的。农历腊八节之后,农村集镇上就开始热闹起来了,"有钱没钱,集上看看","腊月集"熙熙攘攘,卖菜的、卖鱼的、卖鸡鸭鹅蛋的、卖牛羊肉的、卖佐料的、卖花生的、卖甘蔗的……五花八门,应有尽有。人们把物品买回家之后,就准备过年了:祭灶,蒸馍,包包子,炸麻花馓子,做年糕,敬神,祭祖,如此这般一套程序走下来,年关也就到了。这套过年的程序,一辈传一辈,一代传一代,不论社会怎么发展进步,好像变化也不是很大,已成为根植于人们血液中的一个文化符号了。

农家人准备年货,无外乎是杀猪、宰羊、杀鸡、逮鱼。"吃杀猪饭",是各地的传统做法,一家杀猪,全村人都来帮忙,主人会备个大锅灶,把猪下水、猪头、猪蹄子等,烩上粉条、大白菜、红萝卜,热气腾腾烧一大锅菜,再辅之一些小菜,客人们自带碗筷,人人都能吃上一点。遇上讲究的人家,还备上几坛老酒,让村民们开怀畅饮。宰羊也有习俗,即在羊角上系上红布,用布遮住羊的眼睛,而后宰杀。杀鸡有句偈语,叫"小鸡小鸡你别怪,你是阳间一道菜"。逮鱼更是传统做法,年年有余(鱼),寓意美好。

真正的年,是从年三十开始的。皖北农村的年俗是,年三十一大早,家里的主人即开始摆放神位神像,摆放祖上牌位,先是上香敬神祭祖。之后,开始贴春联,农村叫"门对子","门对子"上的内容,多是平安、发财、健康、丰收之意,表达的是农家人的美好希冀。讲究的人家,也有贴窗花的习俗,烘托过年的氛围。"门对子""窗花"都贴妥当了,要燃放三个炮仗。这时候,家里的小孩子要穿上新衣服,女孩子们个个花枝招展,男孩子们人人喜笑颜开,蹦蹦跳跳地玩耍去了。响午时分,爷爷奶奶会把孙子孙女们喊到跟前,一毛两毛地发压岁钱。我至今还记得,我小时候每年都能拿到爷爷给的两毛钱新票,我们那里叫"割耳朵票",意思是新钞票毛边很锋利,一甩哗哗响。那时的两毛钱纸币上面的画面是南京长江大桥,草绿色的,两毛钱能买很多很好的东西哩!

年三十的晚上,皖北除夕的习俗叫"起五更"。"起五更"是个名词,时间并不固定,传统说法较多,娶新媳妇的,生意兴隆的,得儿子的,家族兴旺的,考上大学的等,这类家庭叫"过喜年",一般是不睡觉的,在晚上十一点左右即"起五更",下水饺,放鞭炮,敬神祭祖,给长辈拜年。而家境一般的人家,则是天黑后脱衣睡觉,到了十二点以后,穿衣起床"起五更";如果有病人的人家、一年内有丧事的人家、破了财的人家、生意亏损的人家、开公司办工厂倒闭的人家等,一般是到了天大亮了,才"起五更"。

"起五更"是大人先起来,男主人起来后洗手洗脸,放"开门炮","开门炮"一般是三个,三声炸响,新的一年又开始了。"开门炮"之后,用几根木棍横放在家里大门、堂屋门、厢房门前,意谓"拦财",财不外流;也有一说是"挡灾",灾进不来。

"起五更"的那顿饭也颇有讲究。吃五更饭之前,一家人要在一个脸盆里洗手洗脸,就这一盆水,再脏也不能换水,意谓"阖家团圆"。有的新媳妇讲卫生,不愿意与一大家人在一个脸盆里洗手洗脸,这是不吉利的,会立马引起老人们的不快活。吃的饺子叫"金元宝",因为饺子的形状,类似古时候的金元宝造型。老年人如果能吃一大碗饺子,则预示着健康长寿;小孩子在吃"金元宝"的同时,还要吃一口大葱,叫"吃葱聪明",再吃一口大蒜,说是数学好,民间俗语"账头清"。

"起五更"的最大禁忌,是不能随便说话,尤其不能说"丧气话"。有的人家家境不好,或者是遇到了什么挫折,往往会身不由己地随口说不吉利的话,什么"过一年少一年""老天爷不睁眼"等等。老人们听到这类话语,就会把乱说话的人训斥一顿,然后跪在神像下面,口里念念有词:"老天爷你别怪罪,这小子犯浑了,要怪罪你怪罪俺,是俺教子无方。"

农村孩子最喜欢"起五更"了,三五成群,相互结伴不睡觉,玩"捉迷藏"游戏,满村满院地到处躲藏,打打闹闹,好不热闹。遇到谁家开始"起五更"放鞭炮了,一群群孩子就打着红灯笼,一家一家去捡拾没有爆炸的鞭炮。我至今还记忆犹新,有一年除夕捡拾鞭炮时,我刚拿起一只鞭炮,突然爆炸了,把我的右手虎口都炸裂了,大过年的跑到街上卫生所包扎,包扎回来还挨了大人一顿打骂。

"起五更"的孩子们往往折腾一夜,老年人吃了年夜饭一般都上床睡觉了,有的是一家人聚在一起打牌,时髦一点的,也有唱歌唱戏的,这是"守岁"的习俗。所谓"守岁",就是"守"到新年的到来。

第二天天亮就是年初一了,年初一是"拜大年"的日子。皖北地区的习俗是,大年初一天蒙蒙亮,家里的男人带着鸡、鱼、大馍等,先到祖坟上去"上供",给逝去的长辈们拜年贺岁。民间的说法是,年初一早上到祖坟地里拜年时,嘴里要祷告,请先人"回家过年",也就是与先人一起过"团圆年"。初一请先人回家之后,到初三晚上再送回祖茔。这是民间祭祖的习俗。

从祖坟祭祖请先人返回家之后,再挨家挨户到村里的长辈们家里拜年。农村人实在,拜年不光是说好听的"拜年话",还要下跪磕头,不磕头心不诚,而有些老年人,就等着人去给他们磕头拜年呢。传统的做法是,家家都准备了香烟、小糖、花生、大枣、炸的点心等,大人来拜年,坐下来抽根香烟,拉拉家常;小孩子们来拜年,抓把花生、小糖放兜里,多少不空手,以示"尊长有序""礼尚往来"。

拜年只能是上午拜,没有下午拜年的。年初一午饭之后,闹腾了一天一夜的小孩子们,就钻到被窝里睡觉去了。因为,翌日的清晨,他们还要去走亲戚,去给姥姥姥爷拜年呢……

儿时的记忆总是美好,年的回味总是甜蜜,一晃几十年过去了,已成为乡愁的一部分。然而,一到年关,尽管现如今吃不愁穿不愁,物资丰富,娱乐活动也多姿多彩,但是,一提到过年,满脑子依然是过去的时光、小时候的年味记忆……

"送大馍"与"送老雁"

在今年的《安徽卫视》春节联欢晚会上,主持人余声与著名歌手孙楠互动时,说孙楠是阜阳的女婿,阜阳过年习俗,出了嫁的女儿要给父母送雁馍,还问孙楠送不送,孙楠当即表示"来年一定送、送、送"。其实,这可能是编导误导了余声,而余声又误导了孙楠,假如孙楠携夫人来阜阳给老丈人拜年且送雁馍的话,非把老丈人气背过气不可!

为啥?送错了节日呗!

作为一名阜阳人,我在看余声与孙楠的这段"互动"时,说实在话,内心五味杂陈。因为,这是安徽的春晚,竟然把安徽的习俗传达错了,这不能不令人感到有点遗憾!所以,我看有必要普及一下这方面的常识,以便民间民俗事象传承有序,不至于出现"荒腔走板"的现象,让闻名全国的孙楠当一回"傻女婿"。

阜阳的年俗,晚辈亲属给长辈亲属拜年,也叫"送大馍"(这里说的是"送大馍",不是"送雁馍")。所谓的"大馍",当然是与小馍相比较而言的,比平时吃的小馍要大得多。平时吃的圆蒸馍有拳头大小,过年作为重要礼物的"大馍",大概是平时蒸馍的五倍左右。为了把"大馍"既能蒸得熟,又显个头大,在制作的时候,往往是把已经蒸熟的小馍包在面里边,上面插一个大枣,外形既饱满,又好看。

过年为什么"送大馍"?我查了一下资料,我国中原地区"送大馍"的习俗,上可追溯到北宋末年,在兵荒马乱的岁月里,逢年过节,底层民众没有什么特别的东西孝敬长辈,只有把大馍蒸得大一些,让老人们能够吃上些时日。就这样流传下来,大馍就成为孝敬长辈的节日礼物了。民间习俗是一辈传一辈,"送大馍"在过年时的定位,是送给长辈亲属的,不是随便送的,是必须送的年礼,假如没有送大馍,你就是送金送银,长辈们也不会高兴的。

"送大馍"的规矩可多了,一般来说,有这么几个层次:"干亲"是年三十上午"送大馍"。自古以来,原阜阳地区(包括现在的亳州、凤台)有"结干亲"的风俗习惯,两家(或两个人)关系好,为体现感情,就把自己的儿子或女儿给对方做"干儿子""干闺女",儿子或女儿叫人家"干大(干爹)""干娘",这样就亲如一家了。年三十"送大馍",有来家里过年的意思,就像一家人一样。民间有"干亲礼上亲"的说法,"干儿子""干女儿"去走亲戚,带的礼条(猪肉)要又大又长,"干大(干爹)""干娘"给的"压岁钱"要多一些。如果给的"压岁钱"太少,就有看不起人的意思,这门"干亲"就走不下去了。

正月初二是出了嫁的闺女"回娘家"拜年的日子。尤其是新过门的闺女,带着新女婿回娘家,蒸的大馍又白又大,老丈人家感到脸上有光,就会喊几位陪客,好好地请毛脚女婿喝顿酒。这天,女儿和女婿一般是早上来,下午回去,大过年的,没有住下不走的。"送大馍"还有个"压筐"的说法,女儿如果没生孩子,一般人家就"压"两个、富裕人家"压"四个小馍;如果女儿有小孩了,那么,姥爷姥姥就要蒸"枣山",即把面做成山的形状,上面塞上小枣,蒸熟后送给外孙吃,意谓生活甜甜蜜蜜、前程步步高升。

正月初三开始,一般是给姨、姑、表亲长辈等直系亲属"送大馍"。

还要特别指出,"送大馍"是讲究个数的。长辈夫妇都健在,就要送两个大馍。如果长辈有一人去世了,那就只能给健在的一位长辈送。如果长辈都不在了,这门亲戚还要走的话,那么礼篮里就没有大馍了。

当然,也有些人为了拍马屁,过年的时候去领导家里"送大馍",这就有认领导为长辈的意思。如果领导收下了大馍,就是承认了这门亲戚,以后办事就顺理成章了。如果领导不收,那么第二年你就不要再送了,因为人家不认你这壶酒钱。

"送大馍"的习俗是这样,而"送老雁"的习俗则另有说法。

正月过后,春天来了,燕子飞回来了,又开始在农家垒窝栖息。过了年,农民们迎来了春耕的时节,也迎来了"二月二"节日。

二月二,龙抬头,阳气上升,万物复苏。传统上,二月二是闺女回娘家的日子。皖北的旧俗规定,出了嫁的闺女,正月里是不能住在娘家的,民间有"正月里闺女住娘家、娘家会变穷"的说法,只能是在婆家操劳家务,这是传统美德,出了正月才允许回娘家居住。

然而,过年花光了积蓄,人来客往吃完了家中的存粮,这个时节,正是农村"春荒"的时期,家中没有什么好吃的了,只有吃点杂粮稀粥,省吃俭用,艰难度日。于是,闺女回娘家,就被赋予了积极的民俗意义。

据阜阳地方志载,"春分时节,鸿雁归去,紫燕飞来"。可见,大雁是阜阳一带的候鸟。在物资匮乏的"春荒"时期,民间流传着"五更闻雁叫,老人有劫数"的说辞,惹得上了年岁的人人心惶惶。于是,为了消灾避祸,出了嫁的闺女就把大馍做成大雁的形状,送给老年人吃,能延年益寿。这个做法,当然是彰显了做女儿的一片孝心。

阜阳地区称呼大雁为"老雁",大雁馍叫"老雁馍"。其做法是先把小麦面用酵头发酵好,用粉丝、肉沫、葱花、生姜等拌好馅料,再用发面把馅料包裹进去,用大豆点上大雁的眼睛,用红枣充当大雁的鼻子,用胡萝卜作为大雁的嘴巴,制作精巧,造型逼真,色彩斑斓,惟妙惟肖,给人以喜庆喜悦之感。

闺女把"老雁馍"送到娘家后,如果娘家的家境还可以,也会蒸一些面老虎、面青蛙、面鸭子、面公鸡、面鱼之类造型的食品,作为礼尚往来的"压筐",送给外甥们吃。

民间自古是不缺乏创造力的。民以食为天,阜阳地区基本上是以面食为主,所以,面食的做法,也是花样翻新,久而久之,各种"花馍"就应运而生了。现在的省级非遗"淮北花馍",就是民间各种面食的系统总结。

由此可见,阜阳地区的民俗"送雁馍",只能是"二月二"送,过年是不送的。现在有人写文章说正月十五就开始"送雁馍",正月十五闹元宵,还在过年呢,这是不符合民间实际的。

但不管怎么说,过年"送大馍"也好,二月二"送老雁"也好,传达的都是地道的人伦亲情,有着厚重的优秀传统内涵和显著的民俗文化特色,在民间应当传承和弘扬。

正月逢三"送瘟神"

皖北乃至中原一带的一个习俗：送瘟神。

皖北的年俗比较丰富，进入"腊八"之后，一直到整个正月，每天都有说法，形成了较为厚重的年俗文化。

在这个年俗文化体系里，有一个奇特的民俗，历来受到人们的重视，那就是"送瘟神"。有民谣曰："正月初三、十三、二十三，给瘟神老爷攒盘缠，瘟神老爷见了心喜欢，挑起药包上南天，一去永远不回还。"

瘟神爷是谁？长啥模样？民俗传说的瘟神爷不是一个人，而是五个坏家伙，有"五瘟使者"之说，是民间信奉的司瘟疫之神。"五瘟使者"有名有姓，相传，春瘟张元伯，夏瘟刘元达，秋瘟赵公明，冬瘟钟世贵，中瘟史文业，这五个家伙是专门散播瘟疫的恶神。至于这几个恶神的长相，《红楼梦》第三十九回里有描写，贾宝玉的贴身书童焙茗拍手道："哪里是什么女孩子，竟是一位青脸红发的瘟神爷！"由此可见，瘟神爷的长相是"青脸红发"。

记得小时候的春节，年三十贴门神，年初一挨家挨户去拜年，年初二到姥姥家走亲戚，年初三给瘟神老爷攒盘缠……"攒盘缠"干啥？盘缠就是路费，攒足路费，好让瘟神老爷远走高飞。表达的是躲避瘟神、远离瘟神的民众心态，也是一种驱瘟神、求健康的希冀和期盼。"攒盘缠"怎么个攒法呢？就是由几个大户人家的后生牵头，一般不是老年人，也不是妇女，小伙子们挎着筐，或挑着担子，逐家逐户去化缘。化缘啥东西呢，不是要钱，既不要吃的，也不要穿的，而是要黄表纸、鞭炮、香、蜡烛，一般就要这几样东西。大户人家多给一些，小户人家少给一些，也有的贫困户给一张黄表纸或一根香，再穷也没有不给东西的。村子有大有小，姓氏有一个村一个姓氏的，大部分一个村都是多个姓氏，多的可达到十几个姓氏。

"攒盘缠"的做法是，百把人的小村庄，一般是一群人一家一家依次要下去。同一姓氏的大村庄，以近亲"五服"为一门派，也有以"堂号"为门派的。杂姓的村庄，他们往往是以同姓为门派来组织。其程序是，走一路要一路，东西越要越多，年轻小伙子也越聚越多，大伙儿都跟着走，家家户户都会走到，一户也不会缺少。如果少走了哪一户，这户人家轻者会生气，重者会跟组织者吵架，甚至会跟你拼命的。为啥？因为人人惧怕瘟神、痛恨瘟神，谁也不会愿意让瘟神留下来的。

的确，在我国历史上，自古有"十年一大疫，三年一小疫"之说，人们深受瘟疫之害，到了"谈疫色变"的地步。瘟疫，这个有毒细菌，总是与人类发展相伴相生，可以说，我国历朝历代都曾发生过。

"送瘟神"习俗，一群一队的年轻人挑着抬着挎着"攒来的盘缠"，来到村庄的东南角，为啥是东南角呢？因为要把瘟神送到南天去。大家先是把香摆放好，把部分黄表纸叠成船的形状，而后点燃黄表纸，用燃烧的黄表纸再点燃香和蜡烛，这时开始燃放鞭炮，大伙儿一齐跪在地上，口里念念有词：瘟神爷啊，你看给你这么多钱了，出行的船也为你准备好了，你赶快走吧，走得越远越好，把我们这里忘了吧，千万别回来了啊……

正如毛泽东主席《七律二首·送瘟神》所写："借问瘟君欲何往，纸船明烛照天烧。""攒盘缠"攒得较多的村庄，香、蜡烛、黄表纸能燃烧一天一夜，不少人在火跟前看着，用棍子挑着，不燃尽不回去，成为年关的一道风景。

人们可能是怕瘟神爷一时不愿意走的缘故吧，正月初三是这样，正月

十三、二十三亦如此。就这样,一代传一代,久久而成俗,"送瘟神",成为农村年俗的一个重要组成部分了。这虽然是一种迷信活动,但习俗所表达出来的民众强烈的防疫意识,还是有一定积极意义的。

正月十六"接闺女"

在皖北一带,有一个特殊而温馨的风俗:正月十六"接闺女"。

这个风俗由来已久,据说,从宋代开始就在民间流行了。对农村来说,过了正月十五,年就算过完了。到了正月十六,新嫁女的家庭由"娘家爹"出面,大户人家抬着轿子,小户人家拉着板车或推着小推车,带着娘家哥弟几人,把出了嫁的闺女接回家住几天。在娘家住多少天呢?这要视家境而定,富裕家庭住个十天半月,贫穷人家也要住上三五天。

如果婆家富裕,那就要先留"接闺女"的人喝一场酒,放一挂鞭炮,午后才让闺女上轿或上车。如果"娘家爹"酒喝多了,婆家人就直接把"娘家爹"搀扶上轿(车),闺女则跟着走回娘家。如果婆家贫穷,那就不吃饭了,当天上午就把闺女接回家了。闺女跟着"娘家爹"回娘家时,一般也不空着手,富裕的家庭带着鸡鸭鱼肉,让娘家人挑着抬着,以显示风光;贫穷人家哪怕带一些粉丝粉皮,也要装上一大筐,让娘家人挎着,有面子。

这点不假。我国漫长的农耕文明时期,很多具有礼仪感的民俗活动,都是建立在"有面子"之上,逐渐形成的。

那时候生产力低下,人们普遍比较贫穷,接闺女回娘家的积极意义,一来是春节期间走亲访友,过去媳妇是家务的主力,不仅要照顾一家老小,吃饭时还上不了餐桌,只能吃一些残羹剩饭,还要洗洗涮涮,一日接一日地忙活,着实透支身体。接闺女回来,休养生息,是对闺女的关怀和疼爱,是亲情的一种表达方式。二来让闺女吃住在娘家,以度春荒。因为整个正月基本没有生产劳动,古时候不养闲人,大户人家的媳妇在正月里一般都"受气",民间说"像小媳妇一样",没有地位,需要接回来调整调整。而对于穷人家来说,过年之后乃至整个正月都没有吃的,有"闹春荒"之说。接闺女回娘家,实际上是减轻闺女家庭负担,帮助闺女家生存发展,体现的是对闺女家庭的支持。当然,无论穷富,在开年之际"接闺女"回来住上一段时间,是亲情的接力延续,亲情使然,其情融融。因此,"娘家人"是一种实力的展示,凡事有"娘家人"撑腰,出嫁的闺女走到哪里都有底气。

"接闺女"习俗,传统做法是新嫁女第一年接回来,也有的地方是连续接三年。而有部分殷实的家庭,形成了"接闺女"传统习惯,年年正月十六都接回来。

那时候没有通信渠道,一个村庄嫁出去的姑娘们,平时几乎没有聚会的机会,只有到了正月十六这天,她们才能交流。接回来之后的"娘家亲情"就更热闹了,邻里间被接回家的"闺密"们往往是三五成群聚集在一起,天南海北,谈天说地,谁家日子过得好,大伙儿就一起高兴得大笑起来;谁在婆家挨打受气,大伙儿又一起哭、一起骂。就这样,她们一会儿哭,一会儿笑,打打闹闹到大半夜,有的是彻夜不眠,还有的几个人睡在一张床上,把娘家的亲情乡情友情渲染到了极致。

与这一习俗一脉相承的,皖北地区还有"接老闺女"的习俗。也就是说,出嫁的闺女到了60岁,古时说"六十大寿",女人活到这个份上,也该享享清福了。娘家人"接老闺女",不再由"娘家爹"出面,人过七十古来稀,一般由娘家侄子出头露面,于正月十六这天一大早,用轿或车把姑姑接回来。传统上,"接老闺女"一般是当喜事办的,"老闺女"回到娘家,不出正月都是年,她要给娘家的晚辈压岁钱,不论多少都要给,给多说明"老闺女"日子过得好,给再少也说明其没忘娘家人。"老闺女"在娘家小住期间,娘家的晚辈要轮流请吃饭,条件好的晚辈还给"老闺女"添置新衣服,送一些适宜的礼品,以示尊重和祈福。

现如今,这个习俗依然存在。只是,"接闺女"的仪式感日渐式微,方式和内容都发生了变化,轿车越来越高档了,菜肴越来越丰盛了,礼物越来越贵重了,穿戴越来越华丽了,换成一种崭新的亲情模式了。

皖北婚宴"流水席"

前几天我回老家,参加亲戚家的婚礼,体验了一次皖北农村盛行多年的"流水席"。

皖北农村结婚叫"办喜事","婚姻大事"不能随便,是需要一定仪式感的。自古以来,农村人好"面子",一般家里有喜事时,都会借机展示实力和人脉。所以,有三个"面子工程",则是必不可少的。一是请"戏班",皖北的"戏班"有唱"淮北梆子"的和唱"豫剧"的,都是古装大戏,搭个戏台子,连唱三天三晚。二是请"响",即"乐器班子",皖北一带请"乐器班子"称作请"响",也是连吹三天三晚,显得热闹。三是请"枪",即民间办喜事使用的"三眼枪",与一般鞭炮、烟花所不同的是,"三眼枪"声音大,有震撼力,民间传说妖魔鬼怪都怕这种"三眼枪",听到"三眼枪"的声音,都会"逃"得无影无踪。

外面的事务联系妥当,家里人就开始在自家小院子里搭个彩棚,垒几个大灶台,请几个大厨、十几个帮手,之后开始采购、备菜。同时,安排人手到村里各家各户去借桌椅板凳、酒壶酒杯、筷子勺子、锅碗盆子等。

据地方志记载,皖北民间的"流水席"有上千年的历史了,是传统酒席之一。村里的老人说,"流水席"的最大看点,就是每道菜都离不开汤汤水水,吃完一道菜再上一道菜,如行云流水一般,所以叫作"流水席"。但有一点是肯定的,就是不管什么汤什么水,都是货真价实的"硬菜",青菜红薯之类的只能是"硬菜"的搭配,否则,就会被外人看笑话。

"办喜事"摆"流水席",请客人也是讲究层次的。一般来说,结婚的头一天晚上,请的是家族亲戚,也不用打招呼,大家都自动来到喜家院内,随便找个位子坐下,东家长西家短地拉拉呱,人来得差不多了,宴席就开始了,上一道菜吃一道菜,热闹而有序。这场宴席菜肴一般不太讲究,主要是大家在一起商量着翌日的婚礼事宜,亲戚们也都比较自觉,罕有喝醉酒的现象。

在婚礼当日的早上,请的是帮助"接亲"的一帮人和新媳妇娘家"送亲"的人员。民间"接亲"有"抢早"的习俗,如果一个村子上当日有两家人"办喜事"的,那么,谁家先把新媳妇娶到家,谁家将来就兴旺发达,比人家过得好。所以,都是提前与亲家协商好发嫁的时间,天刚刚亮就把新媳妇娶回来了。这个宴席实际上是吃早饭,只不过皖北有"喝早酒"的习惯,一喝起来就与中午连顿喝了。

结婚当日的中午,才是"正席",真正的大喜之日,宴请的是喜家的亲朋好友、新娘新郎的发小闺蜜等等。与现如今不一样的是,宴席的主桌坐的不是新娘新郎的家人,而是新郎新娘双方或一方的舅舅,天大地大舅舅大,舅舅是第一贵宾,陪客也是至亲长辈以及当地有头有脸的人物。"正席"的重头戏是新郎新娘给舅舅敬酒,新郎官新娘子敬酒不是像现在的规矩一桌一桌地挨着排敬,旧时的规矩,敬酒是只敬舅舅和"媒人",其他亲戚朋友都没份。而农村的"媒人"一般又以"媒婆"居多,这样,接受敬酒的,舅舅是主角。敬酒的礼仪是,由新郎的伯伯或叔叔,手托一个"托盘",上面摆放三只小碗,斟满酒,到了舅舅的席位面前,拉长声调高声喊道:"新人敬酒,跪——",随即,新郎新娘并排跪在地上,这时,舅舅不是先喝酒,而是先掏红包,把红包放在托盘里,再端起酒连喝三碗。需要说明的是,这个红包不是贺礼,贺礼一般是早拿过了,这是新人的"磕头礼","磕头礼"比较少,意思一下即可。

婚礼当日的晚上,是宴请街坊邻居。前面说了,一家喜事,全村大喜,家家户户的桌椅板凳及碗筷勺盆都借来了,男女老少都来帮忙,不管酒菜孬好,总要表达个谢意。邻居们也不客气,拖家带口都来吃饭,这桌吃完了,又来一桌,轮番上阵。值得一提的是,宴请街坊邻居不发请柬,也不一家一家地通知,来的都是客,吃饭的队伍里甚至有过路的人,不是图吃顿饭,就是图沾个喜气。

我还特别留意到"流水席"的菜谱,皖北菜的特点是酸辣清口,汤汤水水的菜居多,菜盘子个个都像汤碗,烧菜多,炒菜少,凉拌菜也多。我数了一下,一桌子有二十多道菜,上菜的顺序不像城里的饭店是先上凉菜再上热菜,而是先上热菜,穿插着上凉菜,有荤有素、有冷有热,汤水搭配、酸辣爽口,鸡鱼肉蛋,应有尽有。

皖北喜宴必备的菜肴,"三整"是必不可少的。一是"整鸡",即一桌上一只老母鸡;二是"整鱼",其他鱼不行,必须是大鲤鱼。所以,皖北人如果问"啥时候吃你的大鲤鱼",就是问你"何时结婚"的意思;"我准备吃你的大鲤鱼",是"我准备给你介绍个对象"的意思;三是"整壮子",即整个猪蹄髈。当然,除"三整"之外,"四喜丸子"也是必备的大菜,四个喜丸子个头大,放在一个盘子里,一桌八个人正好一人半个,不浪费。上了"四喜丸子"这道菜,客人们就知道"流水席"要结束了,不管喝好没喝好,就不再喝酒了。

然而,办喜事有一道菜不能上,就是萝卜。因为在皖北的方言里,如果说"这事萝卜了",就是没办成、不完美之意。还有,如果埋怨你不会办事、不会做人,就会说你"尽办一些萝卜事"。所以,喜家在张罗购买食品时,是绝对不买萝卜的,以图吉利。

再者,无论是何景况,皖北地区的传统,喜宴不能光盘,如果每张餐桌上都吃得干干净净的,民间叫"漏席"或"漏泥",意思是不够吃,没让客人吃饱吃好,不仅主人没面子,还有对不起客人的意思。

当然,皖北人豪爽、好客,也善饮。过去,如果一场喜事办下来没人喝醉,那么,主人家就显得没有面子。而如果有几个人喝得不能走路,甚至是不省人事被抬着回去的,那主人家就显得很风光得意,喜事也就办得更圆满了。现在看来,这是陋习,不值得提倡。

话又说回来,办一次喜事,一场接一场地请客吃饭,不仅麻烦,还有些浪费。说实在的,现在农村办"流水席"的不多了,不要说县城,集镇上的饭店档次也不差,一般人家都能到大饭店举办婚礼了,风光时尚,皖北人"死要面子活受罪",就是债台高筑,也要"打肿脸充胖子"。但从传统的层面看,"流水席"的积极意义在于,街坊邻居及亲朋好友之间,可以充分利用"办喜事"交换一下感情,喝酒叙旧厚植情谊,比在大酒店就餐"一哄而散"更具有人情味,也有一定的文化内涵。

太和酒俗——"走盅"

近日我回太和老家,一同参军的老战友们难得一聚,喝酒自然是少不了的。北方人不仅热情,而且要面子、讲排场,实实在在的一大桌菜,好烟好酒,热热闹闹。一上来,大家同饮了第一杯酒,而后在东道主的提议下,弟兄们齐刷刷地把手中的酒杯都放在了我的面前,他们把我当成了客人。

这就是太和县的酒俗——走盅。

喝酒是我国的传统民俗,逢年过节、红白喜事、亲朋相聚,有事无事免不了要喝上几杯,所以民间有"无酒不成席"的说法。"既醉以酒,既饱以德。君子万年,介尔景福。"史上民间的婚嫁、生丧、岁时、节庆等等,无不饮酒、猜拳行令,以示隆重。然而,无论是哪种酒局,敬酒是必不可少的礼节,"走盅"的习俗也是敬酒的一种,就是让尊贵的客人多喝几杯,以表达敬意。

民俗具有地域差异性,各地的酒俗也是千差万别。太和等地独特的"走盅"酒俗,算是酒局百花园里的一株奇葩了。我考证了一下,席间的"走盅",全国只有安徽太和、临泉、界首以及怀远(部分地区)有此酒俗,唯以太和为源,当地方言也叫"走盅""走一个""走起来"。"朋友来了有美酒""酒逢知己千杯少",酒局刚一开始,每人前面一杯酒,称为"门盅",像前面叙述的那样,首先由主人先致辞,说说请客的来由,表达对客人的欢迎,再说些祝福吉祥的话语,之后倡议并带领大伙儿同饮第一杯酒,饮毕即开始"走盅"。在个别农村地区,特别讲究一些老习俗,也有喝三杯酒过后才开始

"走盅"的。不过,现在城里的饭局也开始先喝三杯酒了,看来,酒俗变来变去,还是没有跳出"酒过三巡"的旧俗。至于目前合肥共同喝四杯酒,四杯之后再"自找对象"的喝法,意谓四季平安、四季发财、事事如意,也是有美好寓意的,是民俗的继承和发展,应予以尊重。

"走盅"一般是由一个人牵头,先饮尽自己杯中酒,如果自己门前有几杯酒,可以喝一杯,也可以喝若干杯,还可以"一扫光",有几杯喝几杯。然后,将空杯重新斟满酒,敬送给饭桌上的任何一个人,此人必须无条件接受,这是看得起你,不能讲价钱。传统意义上的"走盅",先"走"给酒桌上的德高望重的长辈或尊贵客人,而后再开始向后"走",也可以轮流"走"。因为在古代,由于社会生产力水平低下,酒是用优质粮食酿造的,是一种奢侈品,一般只在祭祀、庆典时使用。所以,敬酒从长辈或尊贵者始,是传统文化的一部分。

"走盅"时,牵头人还可以邀请其他人或多人同时喝"门前酒",被邀者必须喝了自己的杯中酒,也叫"随盅""随一个""跟着走",这时候饮尽的空酒杯不能放在桌子上,放在桌子上就是"落地"了,"落地"就不能"走"了,这是规则。必须是空杯交给邀请人,民间也叫"邀盅",再后,牵头的邀请人将所邀的酒杯斟满酒送给未被邀请的一人或多人。这里有个潜规则是,邀请人与被邀请人之间,不能互相"走盅",也叫"两不来""互不来",即你不"走"给我,我也不"走"给你。再者就是,我刚"走"给你,你不能喝了就直接"走"给我,必须"隔门",先给其他人,然后才可以循环下去。

"走盅"颇为有趣的是,邀请的酒盅数量各有说法,如邀一杯酒叫"牵个手",两杯酒叫"拉板车",三杯酒叫"推三轮",四杯酒叫"开四轮","随盅"也叫"坐上去",后"随盅"者叫"推着车子",桌子上的酒杯全喝完收在一起叫"一吹风",等等。还有就是,走杯的多寡视客人的酒量和亲情程度而定,喝一杯酒叫"一心一意",喝两杯叫"哥俩好",喝三杯叫"三星高照",喝四杯叫"四季来财",喝五杯叫"五福临门",喝六杯叫"六六大顺",喝七杯叫"七仙女下凡",喝八杯叫"七仙女抱个娃",喝九杯叫"七仙女怀了双胞胎",喝十杯叫"十全十美",酒盅全部集中起来给一个人俗称"开大会"。让这个人"开大会"的,他(她)要么是领导或贵客,要么是这饭桌上酒量最大的人,喝到这个份上,也就喝出热闹来了,酒局氛围达到了高潮。

"走盅"也是讲究艺术的,会"走盅"的人,自己喝不多,还能控制局面,让贵客喝到位,又不醉如烂泥,当众丢丑。一般来说,贵客喝得差不多了,东道主就会提议"圆盅"。所谓"圆盅",就是把大家的门盅逐个给大家,不再"走盅",开始上大馍和汤,大馍一人一个,酒局进入尾声。

太和农村有个说法,谁家请客一般都会有人喝醉,客人喝得走路东倒西歪,说话语无伦次,这样请客的人家才有面子。而如果客人酒后像没喝酒一样,大摇大摆,轻轻松松地往外走,外界会说这家人小气鬼,舍不得给人家喝酒,不真诚,待人太假。

当然,这种"走盅"的酒局,容易"走"出事情来,走盅走到一个人那里,如果那个人喝不动了,也不能"窝锅"啊!这时,就会有亲朋好友站出来"救台",你端一杯,他拿两杯,替喝之后再把杯子交给那人,那个人又继续"走盅"。而如果没有人"救台",自己又不喝,或实在是喝不下去了,那就是不给大伙儿面子,几句话不投机,轻者吵架,重者打斗,有的伤了和气,有的打进了牢房,结下了仇怨。再说,一个酒杯这人喝罢那人喝,你"走"给我,我"走"给你,转来转去,也不卫生啊!如果有人有传染病,那也就祸害了大家。从这个意义上说,"走盅"也是不可取的,不能归于良俗范畴,更不能打着"酒文化"的幌子来掩盖陋习。

"抹喜灰"与"抹喜泥"

一地有一地的历史,一地有一地的文化,一地有一地的风俗,一地有一地的故事。地处皖西北的太和县,有两个独具特色的民间喜俗事象——"抹喜灰"与"抹喜泥",值得挖掘和研究,应引起民俗学者的关注。

"抹喜灰"

先说"抹喜灰",一般是在娶儿媳妇以及得孙子的时候,邻居为其道喜,用棉花或破抹布,蘸上铁锅底子上的柴火灰,趁儿媳妇的公公婆婆或小孩的爷爷奶奶不注意时,伸手用力把手里的喜灰抹在他们的脸上。一旦涂抹成功,就会引起旁观者们的哈哈大笑,一时间,农家小院里喧嚣阵阵,其乐融融,似搅动了一池春水,整个村庄都充满了灵动。为什么是"抹"锅底灰呢?因为每个农户家都有锅底灰,不仅容易得手,而且抹上以后也容易清洗。当然,也有涂抹小学生用的黑墨水的,黑墨水涂抹上去清洗困难,稍有不慎也容易搞到衣服上,农村人心疼衣服,所以抹墨水的相对较少。"抹喜灰"不是谁都可以去抹的,担任这一光荣使命的,是晚辈妯娌们,别看这些小媳妇平时不苟言笑,而遇有喜事时,她们个个都非常活跃,拥在一起嘻嘻哈哈,相互取笑着。

"抹喜灰"要把握"度"的问题,不要大伙儿都一齐"抹",有一两个人"抹"就行了,就图个热闹,因为,娶儿媳妇也好,得孙子也好,一场大喜事,热闹一下就可以了,也没有必要没完没了地"闹"下去。如果因"抹喜灰"而伤了和气,那就没有了和谐的氛围,乡亲们抬头不见低头见,彼此相安无事为佳。前不久,我小妹妹娶儿媳妇,依照老家的风俗,在农家小院里举行"拜天地"仪式,院子里摆着八仙桌太师椅,八仙桌上摆放着一斗粮食,斗里插着一杆盘子秤,秤上端挂着一个古铜镜,斗的前端一对红烛红红火火。新娘子下车伊始,鞭炮阵阵,鼓乐齐鸣,我外甥和外甥媳妇穿着大红的古装,跪在八仙桌前"拜天地",随着司仪一声"送入洞房"的喊声,不知从哪里"窜"出来两个中年妇女,麻利地朝我妹妹和妹夫脸上"抹喜灰",霎时,俩人脸上都一团黑,引来一阵接一阵的欢声笑语。如遇到这种情况,喜家主人就会拿着香烟或小糖,逐人散烟敬糖,弯腰拱手,满脸堆笑赔不是。可以想象,到了这个当儿,搅局者也就收场了,大都心平气和。也有不识相的人,为了达到某种目的,硬是不依不饶地"找碴儿""搞事",喜主家为了维持颜面,也就喊出家里的壮劳力,一场械斗就在所难免了。民间就是这样,在漫长的生产生活中,村民们既相依为命、相互依仗,又你争我斗、互不相让。有时为了一些鸡毛蒜皮的小事,如小孩打架啦,说话强盛啦,争个地边啦,等等。

"抹喜泥"

再说"抹喜泥",太和土话叫"糊新女婿",这个习俗特指"新女婿回门",为了活跃喜庆氛围,村里的小伙子们用扫把、铁锹等工具,在池塘里沾满泥巴,在"回门宴"结束之时,涂抹在新女婿身上,且抹的泥越多越喜庆,新女婿浑身上下都是泥巴,娘家人脸上才越有光。如果没有人"抹喜泥",则说明这家的人缘不怎么样,村里人不愿意搭理。在皖北地区,自古有"三天回门"的传统,嫁出去的闺女出嫁后第三天回娘家,新女婿要备上厚礼,一般是由媒人或发小陪同着,小两口欢欢喜喜回娘家来了。到了娘家,娘家人会杀猪宰羊,好酒好菜招待"新姑爷"。农村人无论穷富,"新姑爷"第一次上门,就是倾其所有也要为闺女"撑面子"。自古有"新婚三天没大小"之说,"回门宴"是毛脚女婿第一次、也是唯一的一次,成为丈母娘家的座上宾,其余人不论辈分大小都是陪客。新女婿不仅坐在上席主位,而且满桌宾朋都敬他酒,把他"抬"得高高的,众星捧月一般。这也是考验新女婿自身素质的时候了,有的新女婿有头脑,知道谦虚低调,对人彬彬有礼,喝酒也就量力而行了。而有些心高气傲的新姑爷,端起酒杯来者不拒,说起话来三吼两吼的,大伙儿就把"火力"都瞄上了他,一直把他"灌"得不省人事,让他当众丢人现眼。为了让新女婿醒酒,也是为了让他长长记性,遇到这种情况,娘家人一般会给他一个"下马威",几个小青年把他抬起来,直接扔到池塘里,喝几口水、啃几口泥,再把他扔在岸边,让他在娘家人面前一辈子也不敢张狂了。

一般来说,"抹喜泥"还是比较文明的,抹抹池塘里的泥巴而已。也有的为了捉弄人,从化粪池里取泥巴,专门"臭"人的。这时,老丈人就要出面了,手拿香烟,面带笑容,口里边给"找碴者"说着感谢的话,边频繁地奉上香烟,让一触即发的"臭蛋",变成吓唬人的道具而已。记得三十多年前我作为新女婿"回门"时,考虑到爱人家在村里是大户人家,半个村庄都是她家的近亲,于是就穿着军装,戴着军帽,很"正式"地登台亮相了。哪知,我一到岳父家,就看到有十几个年轻人,手持沾满泥巴的物件,在虎视眈眈地望着我,看得我头皮发麻,当时心想,一身泥巴是少不掉了。在吃饭时,有几个人还趴在门口一会儿朝里看看,一会儿又晃一晃手中的"家伙",不时地在示威,似在提醒我他们准备好了,布下了包围圈,在等待我出来呢!面对四面埋伏,我就当没看见,施展在部队学的战术,按兵不动,埋头喝酒,与娘家人东拉西扯,故意拖延时间。这帮小青年也要吃饭啊,农村人有个习惯,谁家吃饭了,大人就扯着嗓子喊小孩,我听到有几个人被喊回去吃饭了,心想金蝉脱壳的机会来了,再看看门外边基本上没什么动静了,于是就大摇大摆地走了出来,与爱人相视一笑,立马就骑着自行车溜之大吉。

千百年来,"抹喜泥"习俗给古老的"新女婿回门"增添了乐趣,也给新婚的浪漫增添了色彩。只是,现在的农村,新女婿三天回门的传统还在,而村子里基本上看不到年轻人了,"抹喜泥"是小伙子们的专利,年轻人不在村里,也就缺少了那个大环境,喜宴显得冷清了许多,找不到过去的那种感觉了。

不可否认,在漫长的历史长河中,民间的喜俗很多,大凡喜事都有一定的仪式感,"抹喜灰"与"抹喜泥",也只是喜俗大家族中的两个成员而已,随着社会的发展变化,文明程度的提升普及,喜俗也在与时俱进地悄然演变。但不论形式如何变化,喜俗就一定有喜感,喜气洋洋永远是喜俗的主基调。

太和独特的"喝茶"习俗

或许你会问,你写的这个题目"喝茶",打引号干吗?难道喝茶还有啥特指的意思吗?

不错,在太和县农村地区,"喝茶"可不仅仅有品茗之意,还特指吃晚饭。

记得小时候在老家,到了傍晚时分,人们一见面就会问:"喝茶没有""在俺家喝茶吧""喝了茶再走吧""孬好过个茶时(食)"……这里说的"喝茶",就是指晚餐。"喝茶"是太和一方方言,也是一方习俗。一方水土一方人,一地有一地的方言,一地有一地的习俗,这就形成了民俗文化的差异性。

在20世纪六七十年代,农村人晚上"喝茶",没有什么高档菜肴,不像现在鸡鱼肉蛋啥都有,一般是以红芋为主,"红芋菜,红芋馍,离了红芋不能活。"我家人口多,十来口人吃饭,煮红芋一煮就是一大锅,一人捞几个红芋,就把一顿晚饭打发了。也有的人家,一天就吃两顿饭,上午八九点钟吃早饭,下午一两点钟吃午饭,故有"农村的饭,两点半"之说。有部分家庭,勉强保证了两顿饭,晚饭也就免了。

前些年部队的干部战士到太和县接兵,皖北人历来好客,就热情邀请接兵干部到家里"喝茶",接兵干部走访应征青年家庭是工作需要,也就很自然地同意了。他们哪里知道,进到应征青年家里一看,准备了丰盛的晚餐。怎么办呢？不吃吧，人已经进来了，进来就被主人拉着落座了，不吃也不行啊！吃吧，显然是违反了接兵工作相关规定，拿人家的手短，吃人家的嘴软，让你"吃不了兜着走"。当然，待他们弄清楚了"喝茶"就是吃晚饭时，征兵走访环节也就结束了。据说，每年都有部分接兵干部因不懂"喝茶"这个习俗而犯了错误，轻者受到批评教育，重者受到了纪律处分。十里不同风，百里不同俗，这是地域文化的差异，怨不得谁。

我在省军区机关工作时，就有广东、福建的军队干部从太和接兵回到合肥，一见面就抱怨说："太和县也是奇了怪了，沿海地区才时兴喝早茶没有多少年，想不到你们老家那乡旮旯里却时兴喝起晚茶来了！"每到这时，我都会很自豪地说："中原文化博大精深，优良民俗源远流长，我太和县把吃晚饭说成喝茶，有2000余年的历史了，这是沿海地区喝早茶不可比拟的。"于是，我就会把太和有关"喝茶"的历史沿革和文化脉络宣传一番。

考古界的人都知道，太和县有个殿顶子遗址群，殿顶子遗址就是战国时期楚国晚期国都钜阳城池所在地。这处楚国宫殿遗址北临西淝河，南邻界洪河，水系发达，交通便利，位置优越，在考古界没确认之前，当地民间就盛传这里为"楚考烈王定都12年的楚王故城"。散布在殿顶子一带的"大孤堆"较多，这在淮北大平原上特别显眼，说明这里历史上埋葬的达官贵人多。时至今日，2500多年过去了，当地仍能发现大量的古建筑构件、陶器残碎块、楚国蚁鼻钱币等。小时候，我记得生产队用拖拉机犁地时，有不少小孩跟在后面捡拾蚁鼻钱，有时一个人一天能捡拾几十个蚁鼻钱。现在科普了考古知识才知道，蚁鼻钱系楚国所铸造的独有的一种铜币，流通于江淮一带，面部有字，形似海贝，正面突起，背面磨平，体积较小，是钱币收藏界的宠儿。

那么，介绍了这么多楚国宫殿遗址知识，这与"喝茶"的方言习俗有何关系呢？我们知道，楚国虽小，但是个精英社会，崇尚礼乐，士大夫阶层言必称"君",这对治下的黎民百姓影响深远,以至于延伸到现在,太和也好,寿县也好,楚地人们名字带"君"字的占比较多,优良民风可见一斑。民间一代接一代口口相传,那时,楚国钜阳城里的士大夫们,每天傍晚都要聚在一起喝茶、饮酒、吟唱、观艺,歌舞升平。久而久之,宫廷贵族们的生活习性被附近的老百姓竞相模仿,言谈温文尔雅,行为彬彬有礼,礼乐蔚然成风。就这样,傍晚而聚的"喝茶"习俗,渐渐成为"吃晚饭"的代名词了。

久久成俗,方言的形成大都要经过多代人的遵守和传承,太和人吃晚饭叫"喝茶",其文化内涵是"早茶"远不能及的,这里有传统伦理道德的坚守,更有"君子之风"的传承弘扬。

只是,随着城镇化进程的加快,淮北大平原上的"空心村"越来越多,当你走进村庄,喊你"喝茶"的都是一些老年人了,年轻一代早已把"晚餐"挂在了嘴边。想到此,又不禁令人担忧:方言消亡了,习俗丢弃了,这还是我们的故乡吗?

"报喜"与"送粥米"

皖北太和县的民间习俗丰富多彩，凡事讲究礼节礼仪，各种传统节庆都有特定的仪式，人的一生从出生到老年，也都有各种各样的传统事象。比如妇女头胎生孩子的"报喜"及"送粥米"习俗，就别有一番情趣。

"报喜"，是指嫁出去的闺女十月怀胎，第一个孩子出生之后，翌日一大早，也有在孩子出生第三天的，孩子的爸爸，古代是骑着毛驴，近代是推着三轮车，现代是骑着自行车，带着喜蛋、喜糖、果子、油条或麻花等四种礼物，俗称之为"四色礼"，也叫"四折礼"，到媳妇的娘家去"报喜"，把生孩子的喜讯传达给娘家人。

一般来说，毛脚女婿一进媳妇娘家的村子，见了人就散香烟或散发喜糖，这时，村里的乡里乡亲就会笑哈哈地拖着声调说："生啦——生啦——"女婿也会赔着笑脸点头哈腰地说道："生啦，生啦！"此时此刻，村里的长辈们就会恭喜道："难怪今天一大早树上的喜鹊就叽叽喳喳地叫个不停，喜鹊叫、喜事到！好好好，好好好！"村里的嫂子辈们就七嘴八舌地开始调侃了："当爹啦，瞧你高兴得嘴都笑歪了吧！""嘴不是笑歪了，是扯到裤腰子上了！""第一次当爹高兴得连路都不会走了啊！"欢声笑语一阵高过一阵。

女婿进了老丈人的家门，如果生的是男孩，他提着礼物喜气洋洋地往堂屋里的八仙桌子上摆放，摆放得越显眼越好。如果生的是女孩，礼物就悄悄地往桌子腿下面放，生怕外人看到似的。这个细节很微妙，如果是男孩子,岳父母就笑得合不拢嘴,给女婿又是拿烟又是倒茶的,欢欢喜喜地看着女婿。而如果是女孩子,岳父母则会低声低气地直接问:"他姐夫,啥时候待客呢?"待客,是指"满月酒",娘家人要办的一个重要礼席。

过去封建社会重男轻女,妇女生了男孩子,在家里就有地位,上上下下、左右邻居都会高看一眼,故有"母以子贵"之说。不管是生了男孩子还是女孩子,来"报喜"的女婿都会跟岳父母叫苦:你二老知道咱家里人口多,过得也不富裕,勉勉强强能吃饱肚子,没有闲钱置办多少桌"满月酒",家里几个至亲来看看就行了,过日子还长着呢,咱两家都不要太破费了。

话虽然是这样说,但娘家人是要给嫁出去的女儿"挣脸面"的。女婿"报喜"回去之后,接下来就是娘家人"送粥米"的习俗了。姥姥家给新出生的外孙"满月"贺喜,太和民间叫"送粥米"(不知是不是这几个字,读音是不会错的),生头胎孩子"送粥米",这可不是自己小家庭的事,这是全族乃至全村人的大事情。身为娘家父母,他们先是盘算着本族的亲人哪些人能去、哪些人不能去。接着就有选择地邀请本村的邻居乡亲有代表地去几家,通常以近邻为主,远亲不如近邻,以显示娘家人有势力,有人脉,混得好。

闺女生头胎,这是娘家人的大喜事,不管家境穷富,都会倾其所有,为女儿和外孙置备丰厚的礼物:缝制好的衣服,冬天的、夏天的,四季衣服一起准备;买鸡蛋、红糖、油条、大米、白面、活鸡、鱼肉等食品;给小外甥打制银手镯、银狗,等等,家境不同,送的贺礼也不一样,农村人要面子,赊账购物也是常有的事。

为显示家族的排场,自古以来,"送粥米"都有一定的仪式感。父辈的人家,只要是没出"五服"(五代族人)的,一般是一家一个礼盒,太和民间叫"盒节子",顾名思义,"盒节子"的构造是一层一层、一节一节的,结合在一起,就是一个完整的盒子。"盒节子"外面有框架,是两个人抬着的,外观颜色有红色的,也有黑色的。里面装着礼物,外面贴上红纸,抬"盒节子"的杠子是染成红色的,以示喜庆。如果是大家族,有七八头十个"盒节子",排上长长的一溜队伍,有的还请上乐器班子,一路上吹吹打打,还是蛮风光的。也有请"戏台子"的,在村庄上唱大戏,一唱几天,全村人欢天喜地听大戏,像过节一样。

前去贺喜的人马也是有讲究的,娘家娘是当仁不让的牵头人,她可以带队去,娘家兄弟姐妹都可以去,唯独娘家爹是不能去的,这是民间约定俗成的老规矩。家族的至亲,比如叔叔、大伯、姑姑、舅舅、姨娘等,每家都要准备抬个"盒节子"。一般的亲属及邻居乡亲,都是挎上一个篮子,里面装满红糖、鸡蛋、油条等贺礼。抬"盒节子"的至亲,可以去两三个大人和一两个小孩。挎篮子的娘家人,一般是一个妇女带一个孩子,小孩子去多了,人家会看不起,认为是拿点东西不够吃的。

娘家人到了闺女家之后,"送粥米"的男士被主人家招呼坐在农家小院子里,抽烟喝茶聊天。喝茶是喝红糖茶,穷的人家就是一碗红糖水,稍富有的家庭,则是红糖水里面打个鸡蛋。妇女长辈们则要走到房间里看孩子,给初见面的孩子拿"见面礼"。妇女长辈们拿上"见面礼"后,就开始喝准备好的红糖水,一人吃一只喜蛋。那个时候,拿"见面礼"也只能是礼节性的,家境贫寒的给一块两块钱,家境好的给三块五块钱,殷实大方的人家拿一张"大团结"(十元钱)。但不管拿多少钱,都是人情世故,有来有往,礼尚往来,孩子姥姥会悄悄记账的,待人家有了此类喜事,"随喜"一般也是参照这个价码,且只能多不会少。

满月喜宴上讲究"讨喜""讨彩","送粥米"的人在吃饭时可以海阔天空,但不能讲不吉利的话,讲不吉利的话会带来晦气。小时候听长辈们说,村里有个小孩比较顽皮,张口闭口说傻话,因此,有结婚、生孩子之类的喜事,都不会让他去的。有天,村里人张罗着去"送粥米",他缠着大人非要跟着去,并保证一句话也不说。就这样,他跟着去了之后,果然不说一句话,行为举止规规矩矩的,大人们也都放心了。谁知,在酒足饭饱即将返回之际,这人大声对亲家公婆说:"我今天可没乱说话啊,以后你家小孩要是死了,就不能怪罪我了吧!"一句蠢话惊呆了众人,娘家长辈急忙赔礼道歉,赶紧指使家里人往回走,否则,说不准两方人马真的会打起来的。

所以,"满月宴"不管酒菜如何,礼节上都要说"好",不能说这不好那不好。到底招待的酒菜好不好,亲家人热情不热情,这要看娘家娘的脸色了。娘家娘是核心人物,如果娘家娘始终是笑逐颜开的,那就表示非常满意。而如果娘家娘脸上乌云密布,亲家公就要小心了,轻者挨一顿数落,重者就等着挨骂吧,据说,如招待的确实太不像话,看不起娘家人似的,话不投机,亲家公挨打的事也是有的。

这里还有一个有趣的"压筐"习俗。所谓"压筐",就是客人拿去的礼物,主人不能全部留下,一般是留下一大半,另一小半放在筐里,让客人带回去。那个时候生活物资匮乏,人们都穷,对吃的东西都比较看重,所以,走亲戚带回来的礼物,如喜蛋、油条之类的食品,分给家中老人和孩子们吃;能保存时间长的东西,还要留存备需。

当然,时至今日,生孩子"报喜"、娘家人"送粥米"的习俗依然存在,只是,形式和内容都发生了颠覆性的变化了。现代人有"酒店情结",城乡办喜事都安排在大酒店里,来宾自行前往,红包递上,手机拍照,同样的灯红酒绿,同样的举杯欢庆,同样的热热闹闹,过去那种"送粥米"的阵容以及这规矩那程序,可能永远也看不到了。

"打新女婿"与"骂老姑爷"

在太和民俗中,民间的新婚宴尔,从新婚当天至新婚三年,都称为"新女婿"。三年之后,无论多大年纪,小到20多岁,老至七八十岁,都被称呼"老姑爷",这里的"老姑爷",可以跨好几个辈分,有姑父、姑爷、姑老太爷之意。

"打新女婿"是怎么回事呢?皖北农村风俗,小青年在结婚的当日,新郎在自己家里等着拜堂,是不去丈母娘家接新娘的。

在20世纪六七十年代,闺女出嫁的第三天,娘家叔伯及兄弟要拉着板车或推着自行车,去"接闺女"回娘家。新娘被接走之后,紧接着,新郎要带着一大堆礼物,还要有一位本村的发小一道,也就是担任伴郎的角色,到岳父母家去"回门"。

"回门"是特有的民俗活动,一般有一定的仪式感。在岳父母家,新女婿最神气的一次,也就是"回门"这一次。怎么个神气法?也就是这天新女婿最大,来到就往客厅一坐,抽烟喝茶,啥也不要干,吃饭要坐在上首席,在贵宾的位置上,还有一大桌陪客陪着。陪客都是当地有头有脸的人物,一般人是没资格陪新客的。

其实,别看新女婿被捧得很高,也就是那么一会儿的惬意。酒席开始后,一帮陪客就开始向新郎进酒,新郎如果不喝,新婚三天无老少,大伙儿就开始"灌"酒了,有的捏着鼻子灌酒,有的抓着头发灌酒,还有的把新郎按在地上灌酒,非把新郎灌醉不可。这时,如果新郎预先有准备,就在伴郎的掩护下,找准时机开始"跑路"了。

"跑路"可不是随便就能跑掉的,村里的小伙子们早就潜伏在附近,看到新郎出来了,就包围上来,几个人不由分说就把新郎"打"倒在地,这时,其他人就往新郎身上糊泥巴,直到新郎"求饶",才在众人的友好笑骂声中离去。

这叫"不闹不喜""不打不亲",是"打是亲骂是爱"的最好诠释。如果新郎"回门"没人来闹腾,看不到有人打骂糊泥巴,那么,就说明女方家人缘不好,或邻里关系紧张,没人搭理,面子上不好看,这就是件比较尴尬的事了。当然,打骂也好,糊泥巴也好,图的是个热闹喜庆,没有真打的。如果打伤了人,那就伤了和气了。

新婚三年,新女婿无论何时到丈母娘家,一般都要带上香烟,见人就敬烟,村里的小伙子们接过香烟之后,客气的,就说"乖乖,混得不错啊,抽这么好的烟",边说,边往新女婿后脑瓜子上打几巴掌,新女婿捂着头笑哈哈地跑走了;不客气的,接过香烟后骂道:"你龟孙子就抽这烟啊,下次再带这种烟,就让你跪着走路!"也是边骂边往新女婿腿上或屁股上"踢"几脚;还有的几个人一齐上,三下五除二就把新女婿摔倒了,摔倒之后,有的还要骑在新女婿身上,把他的香烟全掏出来,嘻嘻哈哈的,半个村庄都热闹起来了。

"骂老姑爷"与"打新女婿"有异曲同工之处,只是,对比"打新女婿","骂老姑爷"要斯文一点,或者说要客气一点的。"老姑爷"如果到爱人的娘家,村里那些侄子辈或孙子辈的,就开始"骂老姑爷"了。有的问:"你这老狗从哪里跑来的啊!"有的说:"你来带的啥东西啊!"更有的骂道:"这是谁家的儿子啊,是来投胎的吧!"到了这时,"老姑爷"就开始接腔了:"你们这帮狗崽子,还不请你姑爷我喝几杯?"等等。听起来虽说都是骂人的话语,但大伙儿都是调侃的语气,而相互间还是表现出亲密无间的,"老姑爷"走到哪里,哪里都是欢声笑语其乐融融。"骂老姑爷"一般至亲不骂,都是同村喊姑父、姑爷甚至姑老太爷的辈分们在骂,骂是看得起你,"老姑爷"来了,如果村民们都躲着他,没有人搭理他,那么,"老姑爷"就会感到灰溜溜的,是件丢人的事情。

"骂老姑爷"与"打新女婿"如果说有不一样的话,就是"打新女婿"一视同仁,要的就是热闹的氛围。而"骂老姑爷",就要区别"老姑爷"的身份了,如果"老姑爷"混得好,大伙儿还是比较尊重的,生怕伤了"老姑爷"的脸面。还有,就是"老姑爷"的儿女与"老姑爷"在一起时,大家一般也不骂,这时,"老姑爷"为了显示自己的地位,就开始主动骂一帮晚辈们,晚辈们也就笑嘻嘻的,有的要香烟抽,有的要小糖吃,却罕有还口的。这种规矩一代传一代,一年传一年,有点约定俗成的味道了。

对这个"打新女婿"与"骂老姑爷"的习俗,究竟起于何时,有何典故,我也查了地方志、老家谱等资料,没有查到相关记载。咨询村里一些八九十岁的老年人,他们说祖祖辈辈就这样传下来的,过去农村人都没有啥文化,也不知道啥是文明,打人骂人虽然粗鲁一点,但都是善意的,图的是热闹、喜庆,大家在打骂声中,一来二去就走近乎了,亲情味也就浓烈了,相互间的关系就越来越亲密了。

需要说明的是,现如今,随着社会文明程度的提高,加之农村的年轻人大都外出打工或经商去了,"打新女婿"与"骂老姑爷"这种习俗,无论在城镇还是农村,越来越没有市场了。只是在个别偏僻的农村,偶尔还有这种现象,不过,也就演变为相互间的调侃耍闹了,已没有"打""骂"的意谓了。不能不说,当今时代文明发展是飞速向前的。

太和习俗"糊涂"考证

地处皖西北地区的太和县,属于淮北大平原腹地,历史悠久,文化底蕴深厚。这个地方的一些方言和习俗,是其他地方所没有的,探究起来,也算是民俗大家园里的一株奇葩了。

"糊涂"一词,就是其中之一。

这里所说的"糊涂",你千万不要从字意上来理解,因为,"糊涂"是太和一个独有的方言,也是一个奇妙的习俗。说出来你可能不理解,"糊涂"在太和方言里,可不是"糊里糊涂""稀里糊涂"的解释,它是稀饭的意思。在太和,说吃早饭、喝稀饭、喝粥,那都是"洋活话",说"喝糊涂"才是真正道地的本语。

到过太和县的人都知道,早饭叫"喝糊涂",午饭叫"喝面条",晚饭叫"喝茶"。为啥都带个"喝"字呢?归根结底,还不是因为穷嘛!历史上,中原地带战火频发,战争及灾荒是穷苦人家的灭顶之灾。由于连年的战争,老百姓庄稼地里的一点收成,都被军队和官府搜刮去了,民不聊生,饥寒交迫,只有吃糠咽菜,早上喝稀面糊汤,中午喝面条汤,晚上喝清水汤。所以有民谚曰:"人是一盘磨,睡下就不饿。"

还回到"糊涂"一词,稀饭为何叫"糊涂"呢?这要从北宋太宗年间说起。那时候的太和县叫细阳县,县址在现如今该县的旧县镇之地,千余年来,太和县的名称几经变更,唯旧县作为一个乡镇的地名始终未变更过,成为一县历史脉络的见证。至于古代的细阳县为何迁址,迁到现在的沙河岸边?这更不难理解了,古代的交通主要是河流,大一点的河道就相当于今日的高速公路,舟船就是如今的高铁火车,出行便捷,能够承载发展的需要。可以想象,县城迁到沙河沿岸后,肯定是盛况空前,河道两岸人头攒动,河流中船帆点点,一派繁荣昌盛景象,社会生产力空前活跃。

太和人口口相传,那时的细阳县来了一位姓寇的县官,从西北地区的陕西而来,一路上舟车劳顿,从陕西到细阳上任,整整走了两个月零七天,他到县衙报到时,衙役把他当成了叫花子,接连"轰"出去好几次。故而,细阳县世人称呼其"寇老西""老西儿"。可能这位"老西"县官官话没有学好,他说的陕西话当地人听不懂。但听不懂也得听,人家是一方父母啊!然而,不知是寇大人的口头禅还是怎么回事,人们听县太爷说的稀粥,就是"糊涂"这个读音。结果,一传十十传百,先是县衙里这么说,继而老百姓都这么说,"糊涂"就成为这一带稀饭的代名词了。

这个寇县令就是史上赫赫有名的天官寇准寇大人是也。寇大人在细阳任职时间不长,在民间却留有永久的清名,素有"寇青天"之称。宋太宗时期,朝廷颁发圣旨直调一个县令到中央工作,参与一桩命官要员之间的诉讼案件,这就是评书大师刘兰芳所说的"潘杨案"。民间传说,寇县令赴东京开封时,想给皇上带点当地的土特产,可平原地带没有什么山珍海味稀罕物,只有农民腌制的"香椿头",这种咸菜可以在自然条件下保鲜,经岁不变质,一年四季都可以吃。寇大人见到宋太宗后,呈上一捆"香椿头",请皇上品尝。皇上叫御膳房"凉调"后,吃起来清脆可口,且有股清香扑鼻,顿觉眉清目明、心旷神怡,遂龙颜大悦,当庭命名"贡椿芽",成为一个历史名品。据《中国医药大全》记载,香椿芽可防治咳嗽、喉咙嘶哑、水土不服以及妊娠反应等症状,长期食用还有抗肿瘤的功效,具有较高的药用价值。

当然,"糊"也好,"茶"也好,这几个字在太和及周边地区使用是比较宽泛的,比如"麻糊汤""菜糊糊""油茶""鸡蛋茶"等等,早已是地方名特小吃了,具有悠久的历史和文化内涵。至于喝稀饭叫"喝糊涂",这毕竟是地方方言,年轻人基本上不这么说了,只有老年人还这么说。

天大地大舅舅大

在我们皖北,一直有"正月里剃头死舅舅"的说法,记得小时候,在临近春节的那几天,母亲就催着我们剃头,否则,你头发再长,也是不会让你在正月里剃头的。为啥,怕影响俺舅舅的身体健康呗!我对这一传统习俗,始终是不解与疑虑:正月里剃头与舅舅有啥关系呢?为啥是"死舅舅"而不是其他人?舅舅到底得罪了何方神圣?

后来我研究民俗,知道过年是"祈祷"与"诅咒"盛行的日子,人们在祝福新年、恭喜发财、福寿安康的吉言瑞语中,同样能够听到"做坏事死在大年三十"等与年有关的诅咒语。民间有"不出正月都是年"的说法,所以,在整个正月,人们都是谨言慎行的,生怕一不小心犯忌讳、触"霉头"。在我国的传统中,舅舅是公正威严的象征,在众多的亲属群体中,舅舅的地位很高,是一言九鼎的角色。因而,"死舅舅"对母亲和外甥来说,那是天大的事情。有个歇后语叫"外甥打灯笼——照旧(舅)",可以看出外甥与舅舅的亲密度。试想,任何一个做外甥的,别说一个正月不剃头,就是一个正月不出门,也是不愿意"死舅舅"的。

"天上雷公,地上舅公。"在一个家族的亲戚中,舅舅是娘家人,古代也称之为舅父。追根溯源,这实际上是漫长母系氏族社会遗留下来的传统,舅舅往往是母亲家族的父权代表,涉及母亲和外甥的一些事,舅舅就拥有绝对重要的话语权。

小时候听大戏,有出戏叫《下陈州》,说的是北宋仁宗年间,陈州大灾,饿殍遍野,而国舅爷却趁机搜刮民财,米里掺沙害百姓。国舅爷了得啊,皇帝的母舅亲(尽管这出戏里的国舅是皇后家的亲戚)!包公历尽千辛万苦,硬是查清了国舅爷的种种罪恶,在金龙桥畔铡死了这个国舅爷,开仓放粮,救了一方百姓,成为黎民敬仰的"包青天"。所以,"打你个小舅子",成为民间的一句口头语,充满了贬义与不屑。

民间"大舅子""小舅子"的称呼,无论褒贬,都凸显着舅舅这一称谓的尊崇感。"娘家舅",代表的是一种势力,传达的是一种力量。久久成俗,"天大地大舅舅大"的民间规则,在中华大地上已盛行了几千年,这种思想根深蒂固,牢不可破。我们皖北的一些地方,过去农家人都比较贫穷,吃了上顿没有下顿,但舅舅到家里来了,不管怎么样都要想尽办法,杀鸡逮鱼,好酒好菜招待一番的。外甥婚宴时,舅舅需要端坐在堂屋的上位,新人用托盘托着三杯美酒,跪在地上,把托盘举过头顶,请舅舅饮下喜酒。

其实,母亲以及外甥在这个家庭乃至在本族本村的地位,从某种意义上来说,是由舅舅给予的。舅舅的势力大,母亲在家里腰板就硬气,无论勤快还是懒惰,考虑到舅舅的因素,起码是不会挨打受气的。否则,如果母亲哭哭啼啼回了娘家,娘家舅带一帮人打上门来,让你吃不了兜着走。

千百年来,嫁出去的女儿在婆家挨了打受了气,娘家族人把女婿或其他婆家人痛打一顿,这也是一种民俗,这个民俗还有个好听的名字,叫"出气"。一般来说,"出气"都是象征性的,摆摆势子,说说大话,吓唬吓唬,雷声大雨点小。一方面,对受了委屈的女儿是个抚慰;另一方面,对婆家人也是种震慑,让他们能够和睦相处,把小日子正常过下去。娘家舅一干人等浩浩荡荡到婆家"出气",婆家的长辈们出面,骂骂自家的人,再向娘家舅赔个不是,尔后坐上酒桌,酒杯一端,猜拳行令,一顿饭吃下来,立马就和好如初了。

当然,任何事情都有两面性,"出气"也有出了岔子的,有的没有控制好局面,打伤了人,甚至打出了人命,打出了仇恨,两亲家也就从此一刀两断,天各一方,老死不相往来。

舅舅的权威性,还体现在外甥的居家过日子上。民间的生活习俗,儿子成家之后要与父母分家,成为"单门独户"的人家。那么,谁来主持分家呢?当然是舅舅。外甥间如有不同意见,就由舅舅出面裁决。一旦舅舅决定了,外甥都要无条件遵守,这也是一种潜规则。从这个方面说,古时候的家庭内部纠纷,一不找政府,二不找法院,舅舅就是调停人,这在当时的社会治理体系中,也是有积极意义的。

在古代,娘家舅对一娘同胞女性的重要性,几乎是贯穿其一生的。对于母亲和外甥来说,娘家的父母未必能够完全依赖得上,但舅舅绝对是坚强的靠山。有个长达56集的电视连续剧《娘亲舅大》,虽然反映的是现实生活,但透过三个舅舅照顾一个外甥女的故事,说明舅舅的角色定位是无可替代的,从古至今,一脉相承。

皖北还有这样的风俗,如果年轻女性要改嫁,出嫁时必须由其哥哥或弟弟陪同,这不仅是出于对女性的保护,由娘家舅出面,也是证明改嫁婚姻的正当性,等于是娘家人承认了这桩婚姻,也便于以后"走亲戚"。而如果年轻女性死亡了,也是必须由娘家兄弟到现场查看,看看是生病而死,还是意外死亡,否则不能盖棺定论。如果是老年女性死亡了,其仪式感就更强了,外甥要在第一时间,披麻戴孝向舅舅"报丧"。舅舅则与族人一起,抬着礼盒,礼盒子里装着祭祀物品,来到外甥所在的村庄。这当儿,外甥等孝男孝女则齐刷刷地跪在路边,见到舅舅号啕大哭,长跪不起。丧事结束后,孝男孝女则同样是跪在村边大哭,看着母亲的娘家人渐行渐远,直到看不见人影了方可起身。

传统的民俗,往往是在沿袭中扬弃,在传承中创新。舅舅的亲情地位也是这样,随着社会的发展变化,女性的家庭地位和社会价值都发生了翻天覆地的变化,那种靠娘家舅安身立命的时代,一去不复返了。不过,母亲和外甥与舅舅的血脉亲情,并没有被岁月所淘汰,而是随着时空的转换,越发醇厚可亲了。

传家何须有金银

近日,老家宅基地及住房确权,一户保留一处宅基地。然而,我家的宅基地却有好几处,到底确权办证哪一处呢?家乡村民组来电话说,我父亲生前的一处房产,可以办证在我的名下。对此,我颇为踌躇,因为,爷爷临终前交代的事情,又浮现在我的眼前。

爷爷说的是家史故事,想当年,我太爷爷是民间盐商,在山东菏泽、河南商丘及安徽亳州这一带贩卖私盐,兼营夜晚点灯的煤油,食盐也好,煤油也好,在当时都是硬通货。那时候,由于兵荒马乱,加上连年发大水,中原大地赤贫千里,很多穷苦人家吃不上饭,更没有钱购买食盐和煤油。没煤油点灯还能过得去,没食盐吃可不行,尤其是一些正在长身体的孩子,走路软绵绵的,都像病秧子一样。为啥,他们长期不吃食盐,身体没劲呗!每每遇到这种情况,俺太爷爷总是口中念念有词:"不能让小孩子长不大呀,不能让小孩子长不大呀!"往往是边说着,边用小木碗盛上半碗食盐,送给人家。就这样,走一路卖一路,卖一路送一路,日长天久,穷苦的村民们送其外号:"大善人。"

太爷爷经商多年,自然是积累了一些财富的。爷爷亲口对我说过,太爷爷赚的一些银两,不盖房子不置地,不买马匹不置衣,而是悄悄地装在一个又一个瓷器坛子里,装满了一坛子,他就在晚上趁着夜深人静时,自己挖个坑埋在了地下。至于埋了多少坛子的钱,具体埋在哪里了,就连他的几个儿子也不知道。

有一年的农历九月初九,太爷爷吃过早饭,拿个水烟袋坐在堂屋里抽烟,可家里人谁也没有想到,老人家就这样悄无声息地"走"了。爷爷说,太爷爷突然间离世,当时一家人都傻了眼,不仅他的生意无法继续,而且谁也不知道他埋钱的地点,一时间,一大家人一筹莫展,甚至连生活都成了问题。

后来,爷爷弟兄三人拿着铁锹到处挖,挖了几年也没有挖到,日子一久,就没人再提这个事情,不了了之了。

20世纪70年代初期,我家里挖红芋窖,就在自家的小院子里,不料想却挖出了一坛子小铜钱,数量足足有一斗多。农村称铜钱为"小皮钱",又不流通,没啥用途,村里不少小孩子就抓几把回去制作"毽子"去了。就因为有这些"小皮钱",我村里踢毽子的特别多,且踢出了不少花样,有的一口气能起跳毽子几十个。刚好,那年正赶上我大堂姐出嫁,爷爷很富有艺术性,他用红丝线绳把铜钱串起来,做成了一副门帘子,给他大孙女陪嫁用上了。据说,皖北地区娶亲时扛门帘钩子的都是小孩,堂姐的门帘钩子是用铜钱串成的,重量是布匹门帘钩子的几十倍,这个小孩扛不动,累得直哭,最后,是放在娶亲的牛拉大车上带回去的。

爷爷没有像太爷爷那样走经商之路,一生自然是没有多少财富,可他像太爷爷那样勤劳善良,是20世纪60年代的安徽省劳动模范,到省里参加了全省劳模大会,与省领导合影,成为我们家族里的一大荣光。爷爷的这张劳模合影照,在我家堂屋的正墙上挂了几十年,成为我家几代人的记忆了。

记得小时候,爷爷带着孙子辈到处拾大粪、捡麦穗、搂豆叶、挖红芋、摘棉花,从小培养锻炼我们的劳动习惯和农技本领,又带着我们与他一起修桥补路,让我们明事理、识善恶。这些,在我幼小的心灵里,种下了勤劳善良的种子,直至如今。

后来,爷爷年龄大了,可他从不讲他当省劳模的辉煌经历,却时常跟孙子辈讲述太爷爷的故事。他说,当年太爷爷走南闯北,是挣了大钱的,他记得太爷爷每次回来,身上背的钱褡子都是沉甸甸的,一头装的是铜钱,另一头装的是银圆,他也见过太爷爷的金元宝和一捆捆银锭。他说,太爷爷装钱的坛子,都是黑色的,釉彩乌黑发亮,是能盛十多斤水的那种坛子。他说,太爷爷人很和善,但家规很严,他做的事家里人不敢问,所以,太爷爷之后,家道就明显中落了……

可有些令我不解的是,爷爷说这件事说了一辈子,我父亲却一次也没有提过。有一次,我跟父亲说能否带我们再去老宅子里挖挖,说不定还能找到太爷爷的"宝藏"呢!父亲一听就瞪眼批评说:"你想吃现成饭啊!"搞得我一脸窘相。父亲一生勤劳,他经常说的一句话是:"不靠天、不靠地、靠自己。"父亲去世后,我也经常回味父亲说的这句话,尤其是在遇到挫折时,就会用这句话自己给自己打打气,提振一下精气神。

毫不怀疑,太爷爷肯定是在地下埋藏了不少银圆铜钱的,爷爷一直很想找到它,惦记了一辈子。而父亲压根就没打算找,就像没这回事一样。时至今日,一晃几代人过去了,我居然想到了这笔"祖上的财富",是不是有点滑稽?可是,回忆起太爷爷、爷爷及父亲身上一脉相承的勤劳善良,我是不是找到了一笔"巨款"?

传家何须有金银,优良家风赛黄金。突然间,我觉得有种满满的收获感!

分　　家

　　长临河古镇,位于巢湖北岸,已有2000多年历史了,留存有不少民俗物件和文化遗迹。

　　在长临河镇老街民俗文化博物馆里,陈列着一对清朝时期的铜质鹌鹑摆件,一雌一雄,琴瑟和谐,看上去恩恩爱爱,亲密且暧昧,羡煞旁人。游人到此,想必一定会感慨万千!

　　解说员介绍说,这对鹌鹑摆件造型完美,是一对夫妻鸟,雄鹌鹑呵护着雌鹌鹑,可以看出来,这个雌鹌鹑有孕在身,挺着饱满的肚子,即将下蛋了,不久就会孵化一窝小鹌鹑。可就在这时,雄鹌鹑的爸爸老鹌鹑,为了让雄鹌鹑能够独立成家立业,就非常果断地把雄鹌鹑赶出家门,让雄鹌鹑自立门户,独自开始"养家糊口"。这是自然界里动物的"分家"行为,生存之需,本性使然。

　　其实,人类的发展繁衍也是这样,每个人都是大自然的一个过客,大千世界,芸芸众生,一代一代,生生不息,接力赛跑,直至无穷。然而,人多负重,发展到一定程度,群居不易,合久必分,久而久之,就演绎出了民间的"分家"习俗。

　　笔者考证了一下,大概从唐代开始,随着天下逐步安定下来,社会分工也越来越细致,大家族的发展模式开始解体,进而由多世同堂而一家一户,出现了社会的个体——小家庭单位。这样,就减轻了统治者的负担,一家一户各自发展、自我保障,形成了相对固化的社会单元。于是,乡村出现了"有吃有穿有牲口,儿女绕膝热炕头"的居家安逸景象。

应当说,整个唐朝时期实行的都是相对开放的社会组织形式,没有多少繁文缛节,文明程度也到了一定的高度。但自唐代之后,宋代开始"崇文""重礼",规矩越来越多,礼节越来越烦琐,尤其是把家庭单元基本上界定到"一丁一家",即家有男孩,即立一户。没有男孩,纵然有再多的女娃,也不认定是一户。所以,宋代以来,重男轻女、男尊女卑的社会理念开始形成了。

一般来说,男孩成年之后,第一位的社会责任就是娶妻生子。不孝有三,无后为大,这个"后",指的就是男丁。一旦这个男孩子有了下一代,大家庭就开始考虑"分家"了。据记载,"分家"的形式是多种多样的,有的是舅舅主持"分家",天大地大舅舅大,大舅爷是至高无上的。外甥把自己要求"分家"的条件提出来,由舅舅进行裁决,舅舅说给几亩地,外甥就要几亩地;舅舅说给几间房,外甥就要几间房;舅舅说给多少粮,外甥就要多少粮;舅舅说给多少钱,外甥就要多少钱。舅舅张口就是金口玉言,说出来就是盖棺定论,是不容讨价还价的。这是史上民间历经千年的约定俗成,我们不能用今天的眼光来看待这个问题。

也有族人主持"分家"的,曾几何时,基层的社会治理靠族权,善恶美丑由族长定夺,族权是至高无上的,一切由族长说了算,族长说东,你不能说西;族长让你打狗,你不能去撵鸡。否则,就是大逆不道,被称为"逆子",为了惩罚你,就把你带到祠堂里,接受族人的审判。你如果不接受族长的裁决,就召开族人大会,把你开除出族,让你活着不能进家门,死了不能进祖坟,成为孤魂野鬼,满世界漂泊去吧。

还有,就是成年男丁如果不接受舅舅的裁决,也不接受族人的裁决,那就可以到官府击鼓鸣冤,交给官府进行裁定。官府是代表皇权的,皇权一言九鼎,谁也不敢违反。官府的裁决是板子上钉钉子,一锤定音,无论对与错,照单全收,不能反悔了。这,就是那个时候的社会规则。

也许有人会问,"分家"是父与子之间的事情,父子间不能好好协商吗,干吗要绕那么大的弯子?其实,这里面大有玄机:一者,父子之间的商定没有多少约束力,朝定夕改,变数较大,没有制约;二者,过去的家庭孩子多,父亲对多个儿子有好恶之分,因而分起东西来也往往容易偏心,不公道。所以,民间因分家不均而伤害亲情,甚至大动干戈、闹出人命者大有人在。

时光进入到了元朝时期,元朝统战者马踏中原,兵荒马乱的动荡期结束了,人民开始休养生息、繁衍后代。出生的人口多了,大家庭也就多了起来,三世同堂、四世同堂、五世同堂的大家族比比皆是,"分家"也就在所难免了。然事有蹊跷的是,由于大家庭的包容性,虽然是到了必"分家"不可的地步了,但长辈们不好意思开这个口,而晚辈尽管心里是一百个愿意"分家",但也不好开这个口,怕落个"不孝"的名称。无论是父辈还是儿子,似乎谁先开口说"分家"事宜,谁就不厚道了。到了这个时候,族人就会集中到家祠里,大家共同想办法。于是,一对鹌鹑就出现了:鹌鹑,象征着安居乐业,可以分开居家过日子了。

开始,是族人从地里捕捉到一对活蹦乱跳的鹌鹑,送给要分家的男丁,男丁接到这对鹌鹑,就知道要分开过日子了。到了这个时候,男丁就会到舅舅家,或者到族长那里,把想"分家"的意图说出来,请舅舅或族长"主持公道"。

再后来,捕捉一对活的鹌鹑不那么容易了,而面临"分家"的又越来越多,怎么办呢?自古民间出高人。族人就又想出了好办法,就是请打铁的铁匠,模仿鹌鹑的造型,打制一对铁鹌鹑,送给要"分家"的男丁。这样,既表达了"分家"的意思,又可作为礼物送给新的家庭,两全其美。

鹌鹑,安居乐业,美好的寓意。长临河镇老街民俗文化博物馆里的铜鹌鹑,就是铁鹌鹑的升级版,过去铜比铁贵重,这对鹌鹑是清朝中晚期的艺术珍品,传承民俗,文化厚重,具有较高的观赏和收藏价值。

说说长命锁习俗

近日,在长临河民俗文化博物馆里,我看到陈列的各式各样的民间长命锁,标记为"老银器"。这样展示,不知道年轻游客能不能看得懂,有必要普及一下这方面的常识。

长命锁是民间传统的吉祥物,有保佑平安、祈福祈寿的寓意。我小时候经常生病,记得从我记事时起,一直到小学毕业,脖子上都佩戴着这种锁,跑起路来叮叮当当作响,对此并没有多少好感。但戴上了就不能随意拿掉,因为民间认为,小孩子戴上长命锁,就锁住了福气,邪气不能上身,病魔即被驱离,护佑一生平安健康,具有护身符的作用。

皖北地区文化底蕴深厚,民间民俗源远流长。送长命锁也是有很多讲究的。一般来说,一老一小佩戴长命锁,老的是过六十岁大寿时,其出了门的女儿或外甥,给父母或姥爷姥娘送长命锁,为长辈祈福祈寿。小的是小孩子过一周岁生日时,民间有"抓周"的习俗,其外婆、姨妈、舅妈或干娘送长命锁,为小孩子祈求平安健康。

这里可能有人会问,送长命锁这么重要的仪式,为什么爷爷奶奶、爸爸妈妈不送呢?为什么儿子不能给父母送呢?还有,普通亲戚和朋友之间为什么不能送呢?对此,我查阅了地方志书资料,没有看到相关记录,回答不了这个疑问。我也询问了几位耄耋老人,他们说祖祖辈辈就这样传下来的,久久成俗,"俗"就是民间不成文的规矩。

长命锁的材质也是多种多样,从存世的老物件看,以银质的居多,现在银子不值钱,市场上才四元多人民币一克,说起来微不足道了。而在过去,所谓的金银财宝,银子是贵重之物,给老人或小孩送银质的长命锁,那可是厚重的大礼了。人有穷富,家有贫寒。这样,民间长命锁的材质,也是五花八门的,有银质的,有白铜的,有铝材的,有木雕的,也有花布缝制的,不一而论。当然,也有金质的长命锁,不过,金质锁因较重,不宜随身佩戴,佩戴重物容易伤到老人和孩子,就变成家中的收藏品了。这里还要说明的是,木雕的长命锁在民间底层较为流行,木锁用材必须是桃木,自古以来,民间有桃木能够驱邪化灾的传说,说妖魔鬼怪最怕桃木,专司打鬼驱邪的钟馗,使用的就是桃木刀。所以,用桃木雕刻的长命锁,不仅有长命百岁、无灾无疾的美好寓意,而且可以驱邪除灾、百毒不侵。

我仔细研究了一些长命锁,其正反面的文字与图案,也是讲究和谐搭配,而且充满玄机奥秘的。吉祥字一般多出现在长命锁的正面,如长命百岁、长命富贵、长发其祥、吉祥如意、富贵长青、五子登科、洪福齐天等字样,字体以楷书、隶书、篆书居多,行书也有,但很少有草书。长命锁的反面,多配以凸凹有致的雕刻图案,有山川河流、森林草原的图案,有寿星、嫦娥图案,也有绣球、湖泊、海洋、祥云等图案,但多为动物图案,尤其以麒麟、龙、虎、鹿、喜鹊、双狮、双鱼、蝴蝶等吉祥动物为主,也有的是专门订制的小孩子的生肖图案,无论哪种生肖图案,生肖动物都是肥肥壮壮的,憨态可掬,视觉冲击力强,画面表现有种喜感。

长命锁的挂绳,一般与长命锁的材质相一致,也有用红丝线编织的,长短因人而异,有的挂绳上还编织有玲珑可爱的小饰物,生动活泼,让人看了爱不释手。长命锁下端的坠子,多是同材质的小铃铛或小绣球,一般是三串或五串,或小锁三串、大锁五串,一动就叮叮当当作响,声音轻盈悦耳。

值得注意的是,小孩子佩戴长命锁也有潜在的危险性,民间确实发生过小孩子被挂带勒伤或吞食长命锁等悲剧;也有的长期佩戴长命锁,由于不注意卫生,还能滋生细菌、引起过敏等,引发出意想不到的事故;更有甚者,还发生过路上抢夺小孩老人长命锁的事件,等等。

民间的规矩,小孩子长到十二岁时,则可以不要佩戴长命锁了,十二岁就走出了关口,长大成人了。但还有个取锁的仪式,就是孩子满十二周岁(也有的地方是十二虚岁)之后,民间认为已过了成长的危险期,就要取掉长命锁。取锁仪式由孩子的姥爷或舅舅主持,给孩子穿上一身红衣服,戴上红帽子,脚穿红袜子,而后是长辈敬香、燃放鞭炮,由姥爷或舅舅亲自动手,取掉长命锁,交给小孩的母亲或奶奶保管起来。礼成之后,一家亲朋开始入席宴饮,也有请老少爷们吃酒席的,全村人欢欢乐乐,热闹非凡,像过节一样。

民俗是前人的轨迹,后人循规而行。当下,民间佩戴长命锁的习俗,也和众多民俗一样,有传承,有扬弃,在历史发展的洪流中,已沉淀为一种民俗文化现象了。

太和民俗"结干亲"

写下这个题目,或许有人会说,"结干亲"不能归类于太和民俗,这个民俗全国各地都有,历朝历代亦然。况且,不仅民间如此,达官贵人家如此,就连皇家亦如此,《三国演义》《水浒传》等文学名著里写得清清楚楚的,"桃园三结义"的故事家喻户晓、耳熟能详,怎么能单单说是太和民俗?

不错,"结干亲"确实是我国传统文化的一分子,在全国具有普遍性意义,是一种大众民俗。仁义礼智信,自古以来,义父、义母、义子、义女,一个"义"字传情谊,绵绵不绝人间亲。但是,古语说"百里不同俗,十里改规矩"。在漫长的社会进程中,无论哪种民俗,都始终是处于发展变化之中的。在不断演进的过程中,由于各地的民风不同,风俗也就各有千秋,出现了不同的表现形式。况且,优胜劣汰,大浪淘沙,公序良俗则一直是占据着主导地位。从这个意义上说,"结干亲"能够在社会各阶层长期存在,应当说还是有其积极意义的。

一地有一地的风物,一地有一地的民俗。"结干亲"在太和县民间的一些做法说法,一代传承一代,当然是太和民俗的一部分了,这应该是没有什么争议的。笔者作为一名太和人,知道在太和城乡,"结干亲"蔚然成风,在我的印象里,好像家家都有"干亲戚",什么干儿子、干女儿、干爸、干妈、干姐、干弟……多了去了。

我考证了一下,太和民间的"结干亲",俗语叫"打干亲家",其成因五花八门，但归纳起来，不外乎是如下几种形式：

好上加亲式。两人或两家关系熟络，平时走得近、交往多，但到了逢年过节，大家都忙于走亲戚，关系再好也不是亲戚啊，于是，就相互认个干亲，让一方的子女认另一方为干爹干娘，这样，好友间就成了亲戚往来，真正是好上加亲了。应当说，这是"结干亲"队伍中的主流。

强强联合式。一般为两个家族势力或从事的产业生意相近相关的人员，因家族发展壮大或事业发展需要，大家抱团取暖，结成干亲，凝聚力量，联手发展，能够扩大家族的影响力，也容易把事业做大做强。

强弱互补式。即有的人家因种种原因家里缺少劳动力，或生意场上需要得到外人的照顾，于是就找个可以依靠的人家"结干亲"，强弱互补，相得益彰。

趋炎附势式。就是部分人为了更好生存或达到某种目的，专门找在当地有权有势的人家"结干亲"，有的不管对方同不同意，就找个有名望的人介绍，带着礼物上门喊爹叫娘当人家的儿子，也称"拜门头"，借此寻找靠山。

过个门槛式。农村人迷信，有看相算命的习俗，或谁家小孩子生病了，就找"神坛"问问。看相算命的也好，神婆子也好，都会提议让小孩子"过个门槛"，认个干爹干娘，吃隔家饭。这样做具体有什么玄机，那就不知道了，反正，多少年来都是这样做的，成为不少小孩子成长中的一个坎。

当然，拜干爹干娘不仅是一种口头上的约定，还需要有一定的仪式感，通过这个仪式传播，好让左右邻居们都知道和见证这回事。一般来说，"结干亲"的仪式大都是选择在春节期间，因为太和民间对这个日子是有特别说法的，那就是过春节晚辈给长辈亲戚"送大馍"，"送大馍"是具有特定意义，是必送物品，不是什么亲戚都可以随便随意送的。这样，准干儿子干女儿带着"大馍"来了，干爹干娘家要准备好香蜡纸烛，请家中长辈坐在上首，干儿子或干女儿给干爷爷奶奶、干爹干娘分别磕头,喊爷爷奶奶,叫爹叫娘,情真意切的,挺像那么回事。干爷爷奶奶、干爹干娘则要分别给个小红包,也叫"见面礼"。之后,放挂鞭炮,请老少爷们入席喝酒,这门干亲戚就这样结成了。

干儿子干女儿的"待遇"是,每年除夕"起午更"吃年饭,要给干儿子干女儿摆只饭碗、摆双筷子,当然这是礼仪上的,干儿子干女儿并不在干爹娘家"起午更"。还有个"待遇"是在干爷爷奶奶、干爹干娘去世时,干儿子干女儿要和亲生子辈孙辈们一样,披麻戴孝,行晚辈孝道之礼。

结成了干亲,相互间就是门亲戚,逢年过节,亲戚家就开始走动了,一般是一年有"两大节"必走动,一是春节,一是中秋节。春节是年三十中午到干爹娘家"送大馍",俗称"到干爹干娘家过年";中秋节则是在八月十五之前送月饼,一般是在八月初十到八月十五之间的早上或上午,绝对不能下午或晚上送。这是认干亲的两大规矩,走干亲的日子是不能随便更改的。

长期以来,太和民间关于"结干亲"的流行说法很多,也很现实。比如,一种说法是"干"的比"亲"的亲。也就是说对待干儿子干女儿,比对待亲儿子亲女儿还亲。这种话不可信,表面上亲得不得了,但"干亲嘴上亲",那都是做给外人看的,是表面上的东西,实质上怎么可能呢! 还有种说法叫作"干亲礼上亲",人情往来特别注重礼物,干儿子干女儿送的礼物贵重,则干爹干娘返还给干儿子干女儿的礼物也多,各有所得,皆大欢喜。这样长此以往,有的"送礼物"则成为一种负担,亲戚间走着走着就走不下去了。不仅如此,而一旦"礼尚往来"反差太大、不均等,那么,亲戚反目的有之,亲家变仇家的有之,大打出手的亦有之,就演变成一个社会问题了。

诚然,"结干亲"这个民俗,随着社会的发展变化和现代文化信息的冲击,不仅市场越来越小,其内容也发生了质的转变,虽然在各阶层依然存在,现已成为一种文明交往的外在形式了。

九九重阳话"寿俗"

国庆假期,又适逢重阳节,重阳节也叫"老人节",是尊老敬老的日子。九九重阳,寓意长寿。福如东海,寿比南山。自古以来,民间是讲究"寿俗"的,即"做寿""过寿"。

既然是"过寿",理所当然是给老人过生日,也就是说,人生六十,即为老年,到了60岁,就可以过"六十大寿"了。

我查了一下资料,有六十大寿、七十大寿、八十大寿之说,就六、七、八这三个年龄段称"大寿",60岁以下是不能称为"大寿"的。"老寿星",特指60岁以上的老人,不能什么年纪都称呼"寿星"。即使是年过六十,也不是年年都过"大寿",过"大寿"的时间节点,一般是60岁、66岁、70岁、73岁、80岁、84岁、88岁。至于90岁以后的寿诞,当然是"大寿"了,"人过七十古来稀","七十三、八十四,阎王爷不请自己去。"八十八岁是"米寿",福寿双全,到了人生最高境界。90岁、100岁,恐怕古人连想也不敢想吧!

民间自古多礼仪。家有老人"过寿",无论穷富,都在家中堂屋里设置个喜庆的"寿堂",堂屋里正墙上面挂一幅寿星图,老寿星一手柱个拐杖、一手托个大大的寿桃,笑容可掬,人见人爱。也有的挂个大大的"寿"字,"寿"字写在红纸上,或者是用红墨写就,色彩喜庆。还有挂"百寿图"的,写一百个不同形体的"寿"字,意谓"多寿"。也有把寿字组成一个福字的,意谓多寿多福。正堂的上方或两侧,悬挂着亲朋好友赠送的寿幛、寿联、寿匾,艳丽炫目,祝福连连。家中如果有贤达之人,老人"过寿"惊动了官府,县太爷送来了"寿匾",那么,这就成了光宗耀祖之事了。如果是皇帝宰相送来了"寿匾",毫无疑问,这个家族就要流芳百世了。

"过寿"当然要送"寿礼"。戏曲电影《五女拜寿》讲的就是五个女婿给老岳丈送寿礼的情景。送"寿礼"也是大有讲究的,一般说来,家中的至亲晚辈,给老人的"寿礼"是衣服、帽子、鞋、枕头,或寿桃、寿糕、馓子、油条、红糖、果子等食品。外亲或朋友则是送寿幛、寿画或烟花爆竹。家境殷实的家庭,借此要显示排场,花钱包场"唱大戏"、请乐器班子"吹响",也有的摆个几十桌,请村里邻居们吃"流水席"。而如果是过"七十三"或"八十四",出了门的闺女则要给寿星送"五红",即红袜子、红鞋、红帽子、红围脖、红棉袄,冲喜消灾。在皖北农村,父母过"六十六大寿"时,子女要给父母做六十六个馍馍,馍馍上点六十六个小红点,叫"延年益寿"。晚辈来祝寿,"寿星"把"红点馍馍"作为"回礼"相赠,叫"沾喜气",把喜气、福气分享给后辈。

"做寿"的"重头戏"是"拜寿"。过去"拜寿"不像现在送个红包、说几句不疼不痒的场面话,那可是真诚的磕头跪拜。"拜寿"的礼仪是,"寿星"穿着喜庆的服饰,端坐在正厅上位,接受众人的祝贺、跪拜。第一波次是儿子媳妇、女儿女婿,干儿子干女儿也在列;第二波次是孙子孙女,注意不是外孙子外孙女,外孙辈在第三波次;第三波次是外孙、侄子、外甥,先侄子,后外甥,农村有"闺女不如侄"之说,外甥是外人,还不是自家人;第四波是邻里朋友。前三波次所有人员必须磕头跪拜,第四波次一般是作揖道贺,走个过场,不磕头。因为如果这个过场不走,喜家不知道邻里朋友谁来了,不好安排宴席。

拜寿礼辅一结束,"寿宴"就隆重开席了,燃放烟花爆竹,锣鼓乐器吹打起来,儿孙辈男丁开始向寿星敬酒,先敬"福如东海长流水",再敬"寿比南山不老松"。之后,儿孙辈女红开始给老人家夹菜,把好吃的饭菜夹到老人的碗里,意谓"添福添寿"。盛"长寿面"必须是儿子盛,且不能盛满,大半碗即可,民间的说法是盛太满不吉利。

在皖北,"寿宴"的习俗是不在乎饭菜如何,但喜酒不能少了,要让亲朋好友们喝个够。

岁岁重阳,今又重阳。为老年人"做寿""过寿",让老人们安享晚年,健康长寿,是一种传统美德,也是优秀传统文化的一部分,应该得到全社会的传承和弘扬。

皖北"钱俗"

铜钱,在我国已退出流通舞台上百年了。然而,在皖北部分农村地区,流传了千百年的"钱俗",作为一种传统风情,至今在民间依然传承。

史载,秦统一全国后,以黄金为上币,方孔圆形的半两钱为下币,形成了圆形方孔的货币形制。在此后的历史进程中,尽管朝代不断更迭,但这种圆形方孔铜钱,在华夏大地上流通了2000多年,民间俗称为"孔方兄"。

"孔方兄",虽尊之为"兄",但可别理解为"兄弟辈",实际上它是名副其实的"爷爷辈",甚至可以说是"祖宗辈",自古人人"崇拜"它,追求它,没有它可不行。钱财钱财,有钱就有衣食住行,没有钱那是寸步难行。

从历史的眼光看,这些"孔方兄"都与历朝历代的皇帝有关。无论哪朝哪代,每当新君即位,为宣示新政权,皇帝们都会铸造象征着他们新政权的新钱。因此,多数"孔方兄",蕴涵着丰富的吉祥文化。长期以来,人们在与钱的相伴相生中,就形成并沿袭下来了许许多多与"钱"有关的人文风情。

皖北大地靠近中原地区,历史文化渊源深厚,民俗遗存较多,传统文化博大精深。民间"钱俗",就是其中之一。皖北地区把这种铜钱俗称为"小皮钱"或"皮钱","小皮钱"可能是皖北方言的叫法,钱币专业上应该叫"小平钱"。"钱俗"的存世形态,集中表现在人们生老病死的日常生活中,在一个人的生命历程中,每个重要的时间节点,都存在着与"钱"有关的仪式感。

"洗儿钱"。在皖北地区,"钱俗"的第一个事象,就是在孩子出生时,长辈赠送"洗儿钱"的习俗。这个习俗有何历史渊源？我查了一下相关资料，据《资治通鉴》记载，说贵妃生了孩子，"玄宗亲往视之，喜赐贵妃洗儿金银钱"。看来，至少在唐代，就已经流行这样一种给新生儿沐浴的风俗习惯了。这种习俗，也逐渐传入皖北地区，在民间沉淀下来了。通常是新生儿在出生第三天，就要请接生婆"洗三朝"，民间称为"洗三儿"。长辈送"洗儿钱"，也都在这三天里完成。"洗儿钱"除了常见的"开元通宝""天禧通宝"等喜庆钱之外，还有更重要的意义，就是长者把赠送的铜钱作为给新生儿的避邪护身符。此外，民间还铸造专门用作"洗儿钱"的花钱，花钱是专业术语，属于"压胜钱"类，比如"十二生肖钱花钱"，以及"长命百岁""状元及第""连中三元"等众多吉语花钱，寓意孩子健康成长、长命百岁，并能早日金榜题名，光宗耀祖。

"帽冠钱"。皖北民间自古以男孩为重，有"不过十二岁不成人"之说，年满12岁的男丁，一般都要举行"成人礼"，即家里亲人或整个族人聚集在一起，摆上香案，燃放烟花爆竹，场面十分隆重。礼仪上，男孩子穿一身红，就连鞋子和袜子也是红色的，意谓一生红红火火。家中长者为其戴上缀有一枚方孔铜钱的红帽子，这个帽子也叫"钱冠"，"钱冠"上的铜钱，常常选择带有吉祥寓意的钱币，一般以"罗汉钱"居多。据传说，"罗汉钱"是寺庙里的罗汉塑像熔化铸币，佩带这种钱币能够保佑平安，无难无灾。此外，"罗汉钱"还含有"永远康宁、一生熙盛"的美好寓意。也有用"乾隆通宝"的，希望这孩子长大成人后，一辈子钱运昌隆，一生不缺钱花。

"门帘钱"。民间闺女出嫁，在传统上，不管家庭穷富，必陪的嫁妆有柜子或箱子、脸盆及盆架、茶壶及茶盘和门帘钩子这几样。门帘钩子也叫"帐钩子"，不管是哪种材质的"帐钩子"，头端必须有三枚或多枚"小皮钱"，意谓"钱串子""钱成串"。"门帘钱"的选择也很有讲究，最受民众欢迎的为清代的"三帝钱"，即乾隆通宝、道光通宝和嘉庆通宝，这三个钱币取其首字谐音,意为"钱到家"。闺女陪嫁的"帐钩子"的头端,一般用"钱到家"编成钱串子,祝福女儿嫁到男方家后,时时刻刻家里有钱,不愁钱用。

"压箱钱"。也就是在闺女出嫁陪嫁的柜子箱子里,摆放一些铜钱,意谓"金满箱""银满柜"。"压箱钱"的铜钱种类也是有选择的,一般是选择顺治通宝,意谓"顺顺利利""治家有方"。过去,有钱人家有陪嫁金银财宝的,箱子里放金元宝,柜子里放银圆,也称银元宝。清末民初时,常在柜子里放银圆或"当百""当千"等咸丰大钱。但绝大多数都是普通人家,稍微富裕一点的用铜钱铺箱柜底,穷苦人家就只能放箱柜的四个角,一个角一个普通的"小皮钱"。时至今日,农村嫁闺女的陪嫁里,箱柜里除了陪嫁几万甚至更多的钞票外,一般也都要放一两枚方孔铜钱。为啥?千百年来一代传一代,"闺女穿娘的鞋——照老样子来",祖祖辈辈都是这样做的,这就是民俗啊!

"门鼻钱"。皖北农家的家具上以及居家习俗,都要把家中的大门小门、桌子、柜子、箱子上的锁扣,用"小皮钱"衬底,这种铜钱统称为"门鼻钱",又称为"柜子钱""板子钱"。这种钱一般根据柜子、箱子上锁扣的大小,选择不同钱径的流通钱币,常见的有"永乐通宝""康熙通宝"等明清时期的行用钱。颇有意思的是,有的人家十分讲究,根据家里不同的柜子、箱子,精心挑选存世量较多的前朝吉语钱做锁扣垫子,组合成一组组吉祥祝福语,例如,宋代的"天禧通宝、天圣通宝、政和通宝、大观通宝"和唐代的"乾元通宝"这五枚钱,组合在一起,取其首字谐音,意谓"天天挣大钱"。还有些较大的锁扣,常用清代的"咸丰重宝、元宝"等大钱,以显示华贵。也有些超出钱径大的锁扣,还要专门请铁匠打制成铜钱的形状使用。所以,家里从大门到家中的各式用具,到处都能看到钱,这也叫"钱齐家",寓意能够发家致富,家财万贯。这种习俗一直盛传到20世纪六七十年代,一直到今天,个别农村地区依然存在。

"房梁钱"。农村人盖房子是家业大事,在盖房子上梁时,都是要隆重庆祝一番的:摆香案上香,燃放鞭炮,请建筑工匠和老少爷们喝"上梁酒"。在上梁时,传统习俗是在木大梁的两端下面,放一枚或四枚"小皮钱",意谓"金玉满堂"。大户人家,也有悄悄在房梁下面放金元宝的,为子孙后代留点财富,以备不时之需。常见的上梁钱,有清代的"五帝钱",即顺治、康熙、雍正、乾隆、嘉庆五个皇帝的"通宝"钱,因清朝前期的五个皇帝国力强盛、国富民强,按照民间的习俗,"五帝钱"符合中国五行学说,顺治属水、康熙属木、雍正属土、乾隆属金、嘉庆属火,金木水火土五行相克相生,周而复始,循环往复,具有吸金、旺财、驱邪、兴家、保平安的寓意,用"五帝钱"作为上梁钱,也充分表达了皖北人民一直以来对美好生活的向往和期盼。

"过路钱"。特指娶媳妇办大事,或外出做生意,或遇到不顺心的事情,每当走到大路的十字路口时,都要扔几个"小皮钱",称为"买路钱",也称"开路钱"。这种钱一般并不讲究,只要是旧时留下来的流通钱币,如明清时期的"小平钱",还有存世量较多的宋代"元丰通宝""淳化元宝""至道元宝"等,扔的都是小钱,折三、折五、折十等大钱是舍不得扔的。现如今,传统的家庭办喜事,为了落个喜头,当走到十字路口时,有的仍然是从轿车里往外扔钱,不过,不一定是方孔铜钱了,大都是用现代硬币代替了。当然,这是一种迷信的做法,没有什么科学依据,也没有什么文化意义,应当摒弃。

"噙口钱"。这种习俗在皖北广大农村地区还普遍存在。常言道:"人要是不正干,死了没有噙口钱。"也有的形容这家人贫穷,说:"穷得连噙口钱都没有。"所谓的"噙口钱",就是老年人刚咽气时,家人赶紧把预备好的"噙口钱"放入其口中。传统上,是用一枚"小皮钱",这种钱的选择没有上述的各种用钱那么讲究,但也尽量选用一些吉语钱,如老人匆忙咽气,来不及准备,通常随便找一枚流通过的"小皮钱"都可以。"噙口钱"是事先穿上红线,放入死者口内,把红线另一端拴在寿衣布带上,防止滑入腹内,待盛殓时再揪掉红线,寓意为"口中含宝",期望死者到了阴间不缺钱、不受苦,在另外一个世界可以过得更好,表达了人们对死者的美好愿望,同时也代表了老人的心愿,让老人带着钱走,子孙后代就不愁钱花。这显然都是封建迷信,不仅不值得提倡,还要予以批评。

应当说明的是,时下的这些"钱俗",就像"磨剪子、戗菜刀""焗锅、补盆"等老手艺一样,虽然在个别农村地区还在延续,但总归是嗖嗖寒风中的树叶,很快就会被时代潮流吹成乡愁记忆,在历史的天空中孤寂飘零。

趣谈太和"鱼俗"

到过太和县的人都知道,请客吃饭必有鱼,无鱼不成席;喝酒必喝"鱼头酒",无鱼难尽兴。可以说,民间有着很多关于"鱼"的风俗掌故。

"鱼形用品"。从民俗学的角度看,鱼是一种多功能的祥瑞之物,且有强大的繁殖能力,符合民间吉祥如意、多子多福、家族兴旺、生生不息的传统理念。因而,日常生活中就出现了较多的鱼形制品,如鱼形锁、鱼形帐钩子、鱼形汤碗、鱼形纽扣等,有玉的、铜的、铁的、金的、银的、木的、竹的、瓷的、石的、陶的……五花八门,各式各样,鱼形物品成为民间的一种常见之物。

"年年有鱼(余)"。每年的端午、中秋、春节等传统节日,各家各户都要聚在一起吃饭,菜肴里都会有一条完整的鱼,尤其是除夕的"年夜饭",不管家庭穷富,必定有鱼,一般以鲤鱼居多,这叫"年年有余",祈愿连年风调雨顺,五谷丰登,国泰民安,丰衣足食。

"戴花布鱼"。每年的立春或者春分时节,太和民间的习俗是,家家户户缝制"布春鸡"和"花布鱼",佩戴在12岁以下的小孩子的臂上,寓意祛邪避秽,百毒不侵,迎祥纳福,如鱼得水。

"鲤鱼跳龙门"。春节来临之际,太和民间有贴窗花的习俗,家家户户贴窗花、贴门神,剪纸艺人大显身手,其剪纸作品里必有"鲤鱼跳龙门"图案,希望化身成龙,腾飞冲天,事业成功,步步高升。至今,阜阳剪纸的国家级、省级非物质文化遗产的传人,大都是太和县人,其代表作就是老百姓喜爱的"鲤鱼跳龙门""双鱼戏珠""喜娃抱鱼"等。

"说媒吃大鲤鱼"。这是太和县民间所独有的名词,一说"吃大鲤鱼",太和人都知道是啥意思了,而外地人,可能是从字面上来理解,以为就是吃鲤鱼。太和农村地区说"吃大鲤鱼"的意思,是"说媒、做媒人、当红娘"的意思。如果有人说"吃你的大鲤鱼""请我吃大鲤鱼",就是给你介绍对象,为你说媒提亲。因为,太和县结婚的习俗,是喝喜酒时,喜宴要上一条大大的红鲤鱼,"老红媒"是男女双方的功臣,理所当然坐在主桌的"上首席"。上菜时,大鲤鱼的鱼头,必须对着媒人,媒人先吃,之后大家才能动筷子吃这条鱼。自古以来,流经淮北平原河流里野生的鲤鱼,味鲜、肉嫩、价格贵,是农家难得一见的美食佳肴。让媒人吃大鲤鱼,这也是对"红娘"的一种奖赏吧!

"鱼头鱼尾酒"。在太和县的宴席上,有个不成文的规定,或者说是酒席上助推酒兴的说辞,那就是鱼头要对着最尊贵的长辈或重要客人,喝"头三尾四酒"。具体是由请客家的男主人出面,用托盘端着酒壶和三个酒杯,也有用三只小碗的,倒满三杯或三碗酒,恭恭敬敬地端到最尊贵的客人面前敬酒,这叫"头三"。客人不能推托,往往是端起酒杯连饮三杯。之后给鱼尾对着的客人倒四杯或四碗酒,这叫"尾四",也是连喝四杯。由于鱼尾是两个杈,鱼尾对着的一般是两个人,于是,两人就同端杯。别看多喝了几杯酒,这可是一种贵宾"待遇",如果不敬"鱼头鱼尾酒",那么,就是对重要客人的不尊重,不仅坐上首的重要客人不高兴,就是当众翻脸掀桌子也是有的。

"高看一眼"。在酒席上,主人或长辈或重要客人用筷子夹起鱼的眼睛,夹给谁,谁都要喝一杯酒,这就叫"高看一眼",喝再多也高兴。这是农家"行酒兴"的一种,既是活跃席面上的氛围,同时也表达对客人的尊重和敬意。不能不说,这绝对是民间智慧。

"推心置腹"。同样是在酒席上,主人或长辈或重要客人用筷子夹起鱼肚皮部分,有选择地分给客人。需要说明的是,这种"行酒兴"没有尊贵贫贱之分,分给谁谁都要喝杯酒,且美其名曰:"推心置腹",表达的是一种信任,传达的是一种情谊。

"顺风顺水"。酒桌上以鱼喝酒的名堂很多,还有把鱼翅膀(也叫鱼滑水)夹给谁,谁都要无条件喝酒,滑水滑水,顺风顺水,这是一种美好的祝福。

"鱼嘴一张,好事成双"。即把鱼嘴部分夹给谁,谁都要站起来连喝两杯,寓意好事连连、好事成双。喝酒是件快乐事,又能得到美好的祝愿,那么,多喝几杯也就在情理之中了。

"鱼不翻身"。即吃鱼时不能翻身,在太和县的民间俗语中,"翻了"是个不好的词汇,有"翻车""倒霉""栽了""做生意亏了"等意思。而实际上,吃鱼不翻身,一者是寓意年年有余,鱼不能吃完,吃完了不吉利;二者是留一半给家眷们吃,长期以来,皖北民间吃酒席妇女不上桌,鱼是大菜,有好吃的要给妇女和小孩子们留一点,这是一种关爱家人的传统美德,也是具体的家风家教。

乡间记忆

每个人都有故乡,故乡的山、故乡的水、故乡的云、故乡的人,镌刻在你的脑海中,融化在你的血液里,演化成了你的思维逻辑,成为你一生不变的记忆。

不仅籍贯改变不了,不变的还有乡音,哪怕你是三四岁时离开故乡,那么,乡音也将伴随你一生,怎么改也改不了那个"味",无论你在哪里,一张口就能听出来。正所谓:少小离家老大回,乡音未改鬓毛衰。

乡间的淳朴,是记忆的源泉。保存了乡间记忆,也就记住了乡愁,记住了初心,记住了来时路。走在乡间的路上,情,温馨长久;心,永远踏实。

追　梦

记得小时候,我特爱做梦,几乎每天在梦里漫游,梦境五彩缤纷,可有趣了。一天,俺梦到自己长出了两个翅膀,飞啊飞啊,飞出了村庄,飞到了集镇,飞到了县城,还想飞到更远的地方。可是,尽管俺努力地飞翔,却始终没有飞出淮北大平原,飞来飞去还是在生俺养俺的那个小村庄。所以,我知道这个梦要成为现实,就只有走上学这条路,让知识成为腾飞的翅膀。

那个时候,皖北农村还是比较贫穷的,在我小时候的记忆中,有吃不饱穿不暖的不堪回首,也有天马行空般的无拘无束。上小学时,开始是自带课桌板凳,大概是到了三年级的时候,学校自制了类似土坯式的那种"泥课桌",两人一张课桌,还要求男女同学同桌,解决了部分学生没有课桌的困难。穷则思变。现在想想,当年的"泥课桌"如果还有保留的话,应该在当地博物馆里有一席之地。

贫穷,限制了人们的购买力,却放飞了人们的想象力。记得学校上"大字"课时,有的学生买不起毛笔和墨水,家长就用麻绳做成笔头,用毛竹做成笔杆,做的毛笔像模像样的。墨水是用锅底草木灰和水混合而成的,写出来的大字又黑又亮,墨气十足,老师看了非常满意。还有的学生交不起一学期五毛钱的学杂费,学校也同意他上学,家长就经常到学校"帮工",帮助学校干一些修修补补的体力活,抵学费了。家长与学校,学生与老师,亲密无间,其乐融融,亲如一家。

说实在的,那个年代虽然生活艰苦,但人也单纯,事也单纯,处处温馨四溢,充满了无限欢乐,弥漫着烟火气息。尤其是孩子们的快乐性情,是现在的城乡青少年都无法体会到的。

春天万物复苏,小草染绿了大地,杨柳抽出了新芽,一群群上小学的孩子,个个头戴自己编织的柳条帽,用树枝做枪,用刚抽芽的柳树条做柳笛,在上学放学的路上模仿八路军打鬼子,走一路打一路,浑身上下都是泥巴,洒下一路欢歌笑语。跳绳、踢毽子、捉迷藏、丢手绢、摔泥巴、摔跤、爬树……白天上学、玩耍,晚上睡觉就特别香。梦里,我梦见自己真的穿上了绿军装,身挎钢枪,在祖国的边防海岛站岗放哨,威严而铿锵。

那时的夏天,没有空调,没有电风扇,大人们也许手里摇把蒲叶扇,而上学的孩子们,似乎不知道天气火热,整天蹦蹦跳跳,甚至上蹿下跳,一刻儿也闲不住。教室里,民办教师一手拿着粉笔在黑板上写字,一手则不停地摇着扇子,扇子代替了教鞭,成为夏季的一景。更为难忘的是,把一个墨水瓶洗干净,里面放几瓣大蒜,课间时间从学校的水井里打水喝,冰凉的水中透着大蒜的香气,解渴舒心,沁人心脾,恐怕是俺人生中喝过的最好的"饮料"了。

绿树荫浓夏日长,楼台倒影入池塘。孩子们最喜欢夏天,只见他们一个个像青蛙一样,天天在沟河池塘里游泳,一条小裤衩就能穿一个夏天,晒得像泥鳅一样黑。所以,农村孩子乳名叫"黑蛋""黑狗""黑娃""黑妮"的比较多。悲剧发生了,一个叫"银锁"的孩子到池塘游泳,再也没有上来。

银锁,一个多么有深意的名字啊!名字里寄托着长辈们无限的希冀和美好的祝愿。因为自古以来,皖北民间有给小孩佩戴"长命锁"的习俗。"长命锁"是一种传统的吉祥物,有避祸驱邪、保佑平安之意,以银质的居多,上面镌刻的文字,一般有"长命百岁""长命富贵""一生平安"等吉祥语。只可惜,尽管名字叫"银锁",但终究没有"锁住"他的性命,留下一桩人间悲剧,令人唏嘘不已。这个记忆,融化在俺的脑海中了,成为俺一生的痛点,每每念及,每每喟叹!

春华秋实。儿时的秋之梦,总是能梦到美食,民以食为天,天佑人间。秋天到了,田地里种的大豆、玉米饱满了,红薯灌浆了,孩子们在上学、放学的路上,静悄悄地钻进大豆地里薅了些毛豆棵子,到玉米地里掰几个玉米棒子,到红薯地里扒些红薯,再从生产队里的麦秸垛上"偷"一些柴火,在地上挖个小坑槽,把红薯"架"在土坑槽上,把玉米棒子放在红薯上面,再把毛豆棵子"盖"上去,而后从下面开始烧火。不一会儿,毛豆烧熟了,一股豆香直往人的鼻孔里钻。这时,拿掉毛豆棵子,取出玉米棒子,把红薯埋在生火的土坑里焖一焖,大伙儿开始吃香喷喷的毛豆米了。吃完了毛豆米之后,就接着啃玉米棒子。啃完了玉米棒子,再把熟透了的红薯从土坑里扒出来,一人分一个,有的装进了书包里,有的边走边吃,好不惬意!

不得不说,那时候的生产队对孩子们还是比较宽容的,大人们都知道孩子们"偷"吃庄稼,但村村都是睁一只眼闭一只眼,看到了跟没看到一样,任孩子们去闹腾。也许,这就是民间生生不息的生存密码吧!

冬天来临了。皖北的冬天似乎特别寒冷,经常是北风呼啸,雪花飘飘,天寒地冻,鹅毛大雪封住了田野,封住了沟渠,封住了道路,封住了庄园,大地白茫茫一片,整个世界银装素裹。在去学校的路上,小伙伴们结成一群,凭脑海中记忆小心翼翼地往前走,一不留神就会走进庄稼地里,或滑入路边的沟渠里。那时候的冬天一人就一双棉鞋,一到雨雪天气,棉鞋踏湿了,冰凉冰凉的,那种冰凉能凉到人的骨子里,俺是到现在也忘不了。尤其是容易生冻疮,手脚都冻得稀巴烂,用棉布包扎得严严实实的,像电影里的伤兵一样,狼狈极了。

冬天,有洁白无瑕的雪,有晶莹剔透的冰,有清新无尘的空气,更有浪漫无限的乐趣。堆雪人、打雪仗、玩冰锥、滑冰……现在想想,那个时候的冬天,不知道怎么那么冷,沟塘里的水都结成了厚厚的冰。于是,滑冰,成为孩子们每天的"规定动作",充满了乐趣。放学之后,小伙伴们都不急于回家,而是自发地到沟塘里滑冰,放飞自我,放飞欢笑,也放飞理想。

一次,俺在村边的水塘里滑冰时,正玩得起劲,冰面突然爆裂了,俺还没反应过来,整个人就掉进了冰窟窿里。同伴们见状,迅速把俺拉出了冰面。浑身湿透了,冻得直哆嗦,俺就快速跑回了家。谁知,俺大(父亲)看见了,也不问青红皂白,抄起一根木棒就朝俺打来,俺吓得撒腿就跑。俺大就提着木棒跟在后边撵,边撵边说着:"非打断你的腿不可!非打断你的腿不可!"就这样,俺一直跑,俺大就一直撵。俺知道俺大一辈子怕俺娘,急中生智折返往家里跑。俺跑到家时,已是气喘吁吁、大汗淋淋了。俺娘让俺脱掉湿衣服,快速地钻到被窝里,埋头睡觉去了。事后,俺娘跟俺大吵了一架,说:"孩子没冻死就不错了,干啥还要拼命打他?"俺大说:"你懂个啥!他从冰窟窿里爬出来,不出出汗,还不冻出病来呀!"说真的,这个事俺一直从内心有点"恨"意,乃至多少年后,俺才理解俺大的一片苦心。这就是农村人啊,虽然没有更好的表达爱的方式,但爱的本质,依然浓烈!

每个人都有美好的少年时光。少年时代的春夏秋冬,有着太多金色的记忆,化为无数个金色的梦。梦境,朦胧而分明,快乐而忧伤。并且,快乐中张扬着激情,充斥着野性;忧伤中涌动着血脉,弥漫着乡愁。以至于俺在漫长的岁月里,追梦,成为一种习惯,一种动力,更是一种人生行动!

风雨老屋

对一个离家多年的游子来说，乡村是无比美好的，那田野、小溪、炊烟，那一阵又一阵此起彼伏的打闹声，总是萦绕在耳边，多年来挥之不去。所以，内心就生发出了无限的乡愁。记忆里的一草一木，都是乡愁的载体。老屋，是乡愁最浓烈的地方。因为，老屋是父母一生辛劳的成果，是后辈们的幸福家园，是故乡的全部记忆。

自古有屋才是家，金窝银窝不如自家的草窝。我知道，在20世纪五六十年代，父母那一代人的最大希冀，就是有一个遮风挡雨的房屋。有了屋，孩子们一个接着一个地出生了，屋里的粮食，小院子里的鸡鸭，树上挂满枝头的桃杏，构成了一幅令人向往的诗意田园。老屋，是一座半砖瓦半土坯的四合院。这座四合院是爷爷和父亲两代人盖起来的，他们那代人能有那样的住处，也确实不容易了，以至于后来我多次想过，爷爷和父亲的付出，一点儿也不逊于现代人在城市里买房子。

一代人有一代人的追求，父辈们撑起来的小窝，就是后辈们的美丽天堂。堂屋是一个家庭最正式的地方，记得我家堂屋的后墙上张贴的是毛主席画像，两边的对联是"听毛主席话，跟共产党走"。厅堂正中摆放一个长条几、一张八仙桌，桌子的两边有两把椅子。小时候听爷爷说，这些东西是土改时从地主家分的，是贫下中农的革命成果。这就是我家最值钱的宝贝了。由于我家兄弟姐妹多，堂屋的东西两边摆满了床铺，几乎没有什么柜橱家具,一件最显眼的东西,是为我爷爷准备的棺材。这副棺材油漆漆得乌黑发亮,据说,我爷爷60多岁就备好了这副棺材,直到爷爷90多岁去世,这副棺材在我家里摆放了二三十年。农村人有"防老"的习俗,家里有棺材很普遍,不是什么稀罕事,一般来说,老年人到了60多岁,都要置备好棺材,如果不置备棺材,不仅老年人心里不踏实,而且外人会说这家的子女不孝顺。至今,俺小时候趴在爷爷的棺材板上写作业的情景,成为童年记忆里一个特殊的片段,每每想及,都伤感一番。

老屋就是故乡,故乡情就是老屋情,那里面遗留有太多的情愫和希望。前几天,行政村的工作人员打电话给俺,说近期将进行农村宅基地确权,我家的老屋要确权在俺和妻子的名下,要俺予以确认。闻此,我感到心里暖暖的,毕竟,离开家乡几十年了,家乡人还牵挂着游子,期待着俺的归程。于是,我迅速向单位请了假,与妻子一同赶了回来。

老屋已多年没人居住了,十几年前俺父亲去世后,几乎就没有开过门。我兄弟姐妹都搬到城里居住了,实际上,这座老屋的存在,就成了象征意义上的家了,屋在家在,家在人在。然而,不管有没有人居住,乡亲们还认同那是我的家。一进村,俺就感到村庄日渐凋零了,没看到有人穿梭,也听不到鸡鸣狗叫,已找不到儿时记忆的影子了。再往里走,只见年过九旬的大伯母坐在我家门口,老人已部分失忆了,可还没有与她说话,她却突然认出了我们。农村人喊伯母叫大娘,大娘喊着俺的乳名,语无伦次地对我说:"你大堂哥在你家里养猪养羊了,家里进不去了。"妻子急忙掏出几百元钱,递给了大娘。大娘哆嗦着手,边把钱卷在裤腰里,边说:"这钱留着买老衣服穿,94岁了,说不准哪天就死了,把老衣服弄好放那里。"听大娘这样说,俺和妻子都掉泪了。

大堂哥也是70多岁的人了,夫妻俩都不识字,小孩又多,儿子媳妇都外出打工了,老两口在家带着几个孙辈,自己一身的病,日子过得很是艰难。我想,他能够养猪养羊,也是天大的好事情。我和妻子趴在大门上,从门缝朝院子里瞧瞧,看到房舍已被大堂兄改造成了猪羊圈,猪啊羊啊在院子里跑来走去,煞是喜人。闻讯赶来的大堂兄对俺说,他家是村上建档立卡的贫困户,村干部叫他今年脱贫,农村没啥产业,也缺乏挣钱的手艺,养猪养羊是个好门路,就这样把俺家的老屋利用上了。看到闲置多年的老屋派上了用场,俺除了感到有些许欣慰,还能说啥呢?!于是就鼓励堂兄说:"好好干吧,脱贫致富,咱不能拖国家的后腿啊!"

郝家集的"铁匠铺"

郝家集位于皖西腹地,大别山北麓,依山傍水,风景秀丽,是一个典型的小山村。这一带是淠水河长期冲积形成的一块小平原,土地肥沃,盛产茶麻,又是水陆码头,历来宜居宜业,人丁兴旺,一派繁荣景象。

不久前,我慕名来这里参观游览。一下车,映入眼帘的是一个铁匠铺,只见摆在街面的货摊上放满了打制好的铁菜刀、铁勺子、铁镰刀、铁斧头、铁铲子等成品,两位70岁左右的老铁匠在"叮叮当当"有节奏地打造着物什。于是,我们就走进铁匠铺,与铁匠师傅攀谈了起来。

老师傅放下手中的活计,拿起烟斗点上一袋烟,坐在躺椅上跷着二郎腿,很优雅地抽了起来。这种只在电影电视剧里看过的场景,一下子出现在面前,着实让我们同去的年轻人感到好奇,他们纷纷举起手机,对着抽旱烟袋的老师傅"咔咔咔"拍个不停。

老师傅介绍说:"你们要了解这里的历史,就先看看善庆寺,这座寺庙是郝家集历史文化的源头,也是我们铁匠铺的'老东家'。"

寺庙怎么能是铁匠铺的"老东家"?铁匠师傅说,他家的祖上较为贫穷,从大山深处走出来,逃荒要饭来到善庆寺,住在寺庙里帮和尚师父打扫寺院,挑水劈柴,耕地种田,啥活都干。老和尚见这人干活这么卖力,人又敦厚老实,就有意帮助他,让他在此落脚,租种庙地。就这样,他们这一脉在此地扎下根来,娶妻生子,繁衍生息,还学会了打铁技术,开了间铁匠铺,世代打铁种地,日复一日,直至今天。

善庆寺就在铁匠铺对面,用"门对门"来形容,那是再恰当不过了。从铁匠铺走到善庆寺,也就几十步光景。寺庙是一处四合院建筑,大门口张挂着国家宗教局颁发的铭牌,一看就知道这里是一处历史文化厚重的宗教场所。

进入寺院大门,院子里有两棵千年银杏树,是安徽省一级保护古树木,树干粗壮,高大挺拔,蔚为壮观,这在山区也是不多见的古树木。庙宇有前殿和后殿,供奉着民间传统神像,两边厢房也是神殿,显得威严肃穆,身临其境,令人心生敬畏和虔诚。可以看出,寺庙建筑已十分破旧了,有些梁柱已斑驳陆离,但建筑主体结构严谨,木雕、砖雕、石雕技艺精湛,院内摆放的几个残缺石碑,记载着这座庙宇的前世今生,具有较高的历史文化艺术价值。

接待我们的是一位上了年岁的女居士,她忙前忙后地张罗着寺庙的大小事务,还麻利地打理着各个宫殿。我好奇地问道:"寺庙里的出家人呢?"老居士答曰:"师父90多岁了,如今瘫痪在床,就我一个人在这帮忙,还要照顾师父生活,阿弥陀佛!"老居士在与我对话时,一刻也没有停下手中的活计。

我暗暗思忖:善庆寺,是不是取"积善之家,必有余庆"之意?古语说:"福者乃善之积也,祸者乃恶之积也。"说的是幸福是多做好事带来的,灾祸是常干坏事造成的。常做好事,多做善事,善莫大焉!"积善之家必有余庆,积恶之家必有余殃。"古人的语言总是超然卓群,总结出来的东西时时闪耀着智慧之光!无论哪朝哪代,这些经典是永远不会过时的!

辞别善庆寺,在铁匠师傅的陪同下,我们又来到了位于郝家集村东街组的红色景点——中共六安中心县委旧址,一幢前后二进、两厢的四合院老房子。

熟悉安徽革命斗争史的都知道,1929年10月初,中央巡视员方英在六安郝家集主持召开六县党的代表会议，正式产生了中共六安县中心县委，舒传贤同志为县委书记，直辖霍山、霍邱、寿县、英山、合肥5个县委和六安县7个区委、3个特支，党员有1500多人。中共六安中心县委从领导独山暴动开始，先后组织领导了金家寨七邻湾暴动、霍山西镇暴动、桃源河起义和六安河西徐集民团起义等，初步创建了东起淠河，西接商南，南抵金家铺、水吼岭，北至白塔畈、丁家集，人口有40多万的革命根据地，为鄂豫皖革命根据地的形成奠定了扎实基础。可以想象，中共六安中心县委设在郝家集，无意间把这个小山村带进了中国革命史册里，记录在中国革命的功劳簿上，成为一处重要的红色"打卡地"。

在这处革命旧址参观时，铁匠铺师傅指着图片上红军赤卫队员肩扛手提的大刀、长矛、铁铳、斧头等兵器，自豪地讲解道："这些兵器都是俺家老辈人打造的，无偿交给赤卫队员闹革命、打敌人。在战斗的紧张岁月里，老辈人全家上阵，不分昼夜加班加点，天天炉火通红，锻打声不绝于耳，打制出来的兵器源源不断地送往部队。"

战士打胜仗，人民是靠山。听了铁匠师傅的解说，突然间，我对铁匠师傅及他家的这个铁匠铺肃然起敬！

半天的参观游览很快就结束了，我们就要离开郝家集，离开善庆寺，离开中共六安中心县委旧址，离开铁匠铺，离开铁匠师傅了。临登车时，铁匠师傅让我稍等片刻，他快步回到铁匠铺，不一会儿，就手拿一把用红绒布包裹着刀身的菜刀，递给我说："也没准备啥礼物，咱是打铁的，菜刀就是土特产，这把菜刀送给你做个纪念吧！"

对此贵重礼物，我十分感动！我研究民俗多年，知道赠送用红绒布包裹着刀身的菜刀，表达的是一种尊贵情谊，有恭喜乔迁、祝福履新、改换门庭、人丁兴盛之意。有来无往非礼也。为表达对铁匠师傅的谢意，我随即动员同去的人一人买一把菜刀，带回家不仅实用，也很有纪念意义啊！

大孤堆的故事

家乡太和县地处一马平川的大平原,是没有山脉的。但离俺家不远的地方,有一个大土堆,土堆很高,就像小山一样,人们称之为"大孤堆"。小时候,俺不知道这山一样的土堆是啥,记得俺与小伙伴们经常在那里"打仗"、捉迷藏,这给平原上的孩子们带来了不一样的乐趣。

经常在大孤堆玩耍,时间久了,不免有种疑问:咱平原地带怎么冒出一个土堆子呢?

大人们说:这可不是一般的土堆子啊,其实这是个坟地,可不是平民百姓的坟地,是皇姑的坟地,皇家的人,自然是不同于老百姓的。

既然是个老坟地,那就不敢去那里玩耍了。但又有一个问题冒出来了:咱这偏僻的农村乡里怎么能有皇姑的坟地呢?或者说,皇姑怎么没入皇家的坟茔,埋葬到民间了呢?

村里有个外号叫"包打听"的老人,80多岁了,有天,他让俺给他从水井里打上来一桶水,他洗了洗脸,咕噜咕噜喝了几口,就开始给俺讲述这大孤堆的来历。

这个大孤堆为汉代墓葬。据村里人口口相传,汉朝末年,汉室倾颓,群雄争霸,相互碾杀,为延续汉室血脉,汉帝只有遣散皇室族人。这些人四处逃命,大都是逃到偏远之地,在那里隐姓埋名,繁衍生息。

其中,有一皇姑带领家人,一路逃难,历经千辛万苦寻找落脚的地方。

由于兵荒马乱,加之瘟疫肆虐,逃到俺们村那里时,一家人死得就剩下皇姑一个人了,皇姑命大,没有饿死病死,但因为内心的悲伤和忍饥挨饿,皇姑再也坚持不住了,便昏倒在了俺们村头。村里人看见皇姑倒在了路边,便急忙把皇姑抬进家里,给皇姑灌了两碗稀粥,皇姑慢慢苏醒过来了。这就是农村人的善良。

就这样,皇姑在俺们村安顿下来了,村里人给她盖了两间土坯房子,她隐姓埋名,自力更生,过上了农家人的烟火生活。

那个时候人烟稀少,树木丛生,人员很少流动,所以,村子里多了一个人,也没有外人发现,官府更是无所知晓。

皇姑天生丽质,姿色卓群,勤劳善良,乐于助人,自然受到村里人的关注。一些老年人很关心皇姑的生活,想让她嫁个好人家,以使今后的日子有个着落,于是,就帮她牵线搭桥,想帮助她尽快成个家。可是,无论多好的条件,皇姑就是不同意,也不说为什么。村民们虽然不解,但也没有办法。

然而,由于皇姑是一个人居住,难免有些鳏夫时常骚扰皇姑。每每遇到这种情况,村里的老年妇女就会挺身而出,把那些鳏夫打骂得狗血喷头。有的妇女还主动睡到皇姑家里,与她聊天,为她壮胆,悄悄地保护着皇姑,皇姑很是感激。

皇姑懂一些医术,时常采撷中草药,熬制成药剂,开始了治病救人的营生。当时,附近有几个村庄,但均是无比贫穷,许多家庭连婚丧嫁娶生老病死都没钱办事,他们只有祈求神灵保佑渡过难关。皇姑听说谁家有了难处,就利用为人看病的收入,无偿接济人家,时间长了,被邻里八乡誉为"活菩萨""大仙姑娘"。

皇姑渐渐地融入了民间,民间的疾苦,她看在眼里,疼在心头,暗暗发誓,要改变村里的面貌。她看到村里人大都不识字,就与村民们商量,送孩子到她家里读书,不读书是没有出路的。她以木棍当笔,以土地为纸,教孩子们读书识字。村子里一下子出现了琅琅的读书声,这祖祖辈辈都不敢想的事一下子实现了,村民们都连连称奇。

到了这个时候,村里有人就不淡定了,提了出来:这个女人不是一般的人啊,女人读书识字,又会医术,这绝不是农家女,如果不是皇家的人,也是达官贵族家的人啊!于是乎,他们就把村民们招呼过来,集体跪在皇姑面前,磕头谢恩,感谢她对村人的无私付出。

看到众人跪拜的场面,皇姑吓得一个激灵,她多年没有看到这种场景了,一时间,内心感到了害怕,就战战兢兢地大声喊道:"你们是我的救命恩人啊,没有你们的庇护,哪有我皇姑的今天啊!"

皇姑?皇姑言毕,众人皆惊,村民们都呆若木鸡!原来是流落在民间的皇姑啊!于是乎,大伙儿就仿效唱大戏里面的情景,呼啦啦跪拜在地,山呼:"皇姑千岁千岁千千岁!"

皇姑被眼前的一幕吓蒙了,她也跪在众人面前,祈求大家不要张扬,今后还能和原先一样,过着平静的日子。村民们当然知道皇姑的处境,在接下来的岁月里,就更加尊敬她,家家户户都自觉地处处保护着她。

日月如梭,光阴似箭,一晃多年过去了,皇姑年老体衰,她不能外出采药了,就收了几个聪颖的孩子做徒弟,教他们识草药、辨药方、会诊断,保一方百姓健康,造福桑梓。

后来,皇姑年纪越来越大了,老得走不动路了,村民们就像伺候自家的老人一样,轮流伺候着,有好吃的都给皇姑吃,后生们还想着法儿逗皇姑开心,让皇姑过着幸福安逸的晚年生活。

再后来,皇姑安详地去世了,村民们都很悲痛,就像自家的老人去世一样,大家都舍不得她的离开。大伙儿自发地有钱出钱,有力出力,把自家的大树砍伐掉,为皇姑打造棺木。

村民们的举动被当地官府知道了,地方官听了老百姓的叙述,也感动于皇姑的德行,于是就层层向上报告。消息很快报到了皇帝那里,皇帝也感念于有这么一位与民为善的皇亲,随即下旨,厚葬这位德行深厚的皇姑,并隆重褒扬她的事迹。

皇姑的葬礼举办得很隆重,挖有墓道,棺椁很大,十里八村的人们都赶过来了,大家捧土添坟,数月不断,终于,皇姑的坟添得像山丘一样,形成了皇姑堆,日久天长,人们称之为大孤堆。

世代的庄户人都纪念这位造福一方百姓的老皇姑,逢年过节,大家都自发地来到大孤堆,摆上供品,上上高香,烧几沓黄表纸,燃放鞭炮,以敬颂先贤,传承美德。

"合欢井"的传说

在皖北豫南交界处，有一个千年古镇——李兴镇。古镇的东街有口老井，老年人都知道，祖祖辈辈名曰"合欢井"。当你走近这口老井，你就会看到，一座四角石质井亭古色古香，给人以历史厚重之感。只是，井亭上方的两个字"老井"，让人觉得缺少了一些文化韵味。

"合欢井"，这个名字多好啊，诗一样的名字，歌一样好听，干吗直呼"老井"呢？

不久前，俺到李兴集上走亲戚，顺便访问了几位老年人，才知道这口老井还有一个美丽动人的传说哩！

大凡民间传闻，要么惊奇，要么悲戚。老街人口口相传，清朝光绪年间，李兴集东街有个王姓员外，家有良田百顷、骡马百头、房舍百间，是远近闻名的大富翁。王员外洪福齐天，美中不足的是，他这么大的家产，妻妾成群，却连一儿半女也没有，后继无人。为此，王员外表面风光，内心彷徨，整天闷闷不乐。

古语说得好：人攀财主，狗尿槐树。有天清晨，王员外起了个大早，就听到大门口隐隐约约有小奶娃的哭声。他快步开门一看，有个刚出生不久的小娃娃躺在襁褓中，正哇哇大哭呢！王员外喜出望外，急忙上前伸手抱了起来。谁料想，王员外刚抱起看了看，这娃娃不但不哭了，反而对着王员外笑了起来。

善缘结善果。王员外内心知道,这一定是哪户穷人家的孩子,生得起养不起,故意抛弃在他家门口的。他愉快地抱着小孩回家后,大声对他的一群妻妾说:"这是咱家的后啊,老天爷赐给的呀!"

王员外的大房太太接过了这个孩子,解开褓褓一看,是个女婴,于是就取名"合欢"。其寓意是:王员外老来有后,是一欢喜;女婴看到王员外就笑,是又一欢喜;这么多妻妾看到有了女婴,个个欢喜。故而,合欢,合家欢也。

日月如梭,光阴似箭。一晃十五六年过去了,小合欢出落成大姑娘了,长得如花似玉,人见人爱,王员外别提多高兴了,走到哪里,就带到哪里,带到哪里,哪里都是一片赞叹声,欢声笑语,洋溢乡间。

这年,恰逢朝廷组织大考,各地秀才纷纷辞家上路,迈上了进京赶考的征程。刚好,李兴集是重要的驿站,南来北往的秀才们云集在这里,一时间好不热闹。

王员外对他的娇闺女说:"合欢啊,你看哪个后生长得帅,咱就找一个做女婿呗!"

说者无心,听者有意。合欢姑娘表面上不作声,背地里却真的看上了一个赶考的秀才。这天,秀才到合欢姑娘家借宿,合欢很好奇,就缠着秀才给她讲故事。就这样,秀才给合欢讲了许多外地的故事,讲啊讲啊,一直讲到鸡鸣三更,惹得合欢想入非非。

秀才眉清目秀,气宇轩昂。合欢二八怀春,暗结情愫。王员外自然是看在眼里,喜在心里。翌日一大早,他就满心欢喜地去西厢房喊秀才吃早饭。可天有不测风云,谁也没有想到,怎么喊也喊不醒,这秀才竟毫无征兆地死了。

秀才是哪里人?从何处来?他的亲人在哪里?王员外都一无所知。

这不啻晴天霹雳!合欢姑娘哭成了泪人,茶不思,饭不吃,哭了还哭,谁也劝不住。

王员外毕竟家大业大,他出资给秀才置办了上好的棺材,又给秀才置办了一身好衣服,花钱厚葬了这个可怜的后生。

后生下葬的当天晚上,合欢姑娘也不哭了,一声不响地上床歇息了。

王员外长出了一口气,他看合欢姑娘情绪平息了,也早早地睡下了。

第二天,王员外起床较晚,农家人都下地干活了,他才懒懒地起了床。起床后,他就去女儿的房间看望女儿,推开房门一看,发现合欢姑娘并不在房间。这孩子去哪里了呢?于是,王员外让家人出去找找。一家人就走出去了,到处呼喊着:"合欢——合欢——"

哪知,一家人到处喊了个遍,该找的地方都找了,也没见合欢的身影。刹那间,王员外有了一种不祥之感。他边呼唤着家人,边往街东头那口老井方向奔跑。

王家的仆人迅速跳下了井里,一把就抓住了已漂浮出水面的合欢姑娘。

大伙儿把合欢姑娘拉出井口,乡亲们都看到了,合欢姑娘是微笑着走的,就像活着一样,温婉可人。

合欢姑娘走的当年,这口老井旁自然生出一株合欢树,这棵合欢树越长越高,一如合欢姑娘,出水芙蓉,亭亭玉立……

来年的四五月份,这棵合欢树开满了合欢花,惹得七邻八舍都来观望。乡亲们都说:"这是合欢姑娘的笑脸,因为,她有秀才陪伴。"

自此,这口老井就叫"合欢井"了。

现如今,这口老井还在,乡亲们依然喝着清澈甘甜的井水。一株老合欢树还在,郁郁葱葱,枝繁叶茂,繁花似锦,自成一景。不远处的古庙依然香火繁盛,经鼓和鸣。李兴镇也不再是过去的那个李兴集了,已是闻名省外的中药材基地,桔梗之乡,盛产中药材,遍地的药材源源不断地销往药都亳州等地。合欢姑娘的家乡,正行走在富裕的大道上。

"清馀堂"宝壶记

唐朝末年有个诗人叫郑谷,他有两句诗曰:"清香闻晓莲,水国雨馀天。"至宋代的时候,宜兴老中医陈郎中借助郑谷的诗意,为自己的紫砂壶作坊取名"清馀堂"。

陈郎中世代从医,中医世家,他经常背着药篓上山采药,用名贵药材为乡亲们治病。有一天,他采药来到当地的黄龙山上,发现山坳底槽部有大量的青紫砂泥,这些青紫砂泥自带中药材气味,且有缕缕芳香,似有暗香徐来。于是,陈郎中就把这些青紫砂泥取了些回去。

陈家在当地是望族大户,不仅有一爿中药铺,还有一个不小的紫砂壶作坊。他把这些青紫砂泥浸泡在几十味中药中,一直浸泡了七七四十九天,之后才做成紫砂壶,烧制出来后在"清馀堂"销售。

自古喝茶的比喝酒的有钱,酒肉粗俗,品茗雅致。可令陈郎中没有想到的是,他卖出去的紫砂壶,回头客一拨接一拨,一时间"洛阳纸贵",供不应求,看得街坊邻居,尤其是做紫砂的同行们直瞪眼。对此现象,陈郎中感到百思不得其解,因为正值兵荒马乱的年代,江阴、宜兴、无锡一带民不聊生,喝茶弹琴的文人雅士几乎销声匿迹,别人家的紫砂壶大都无人问津,他家为何门庭若市呢?陈郎中没有声张,他默默地取来几把壶,泡上上等野茶,端给前来看病的患者们喝。没想到几天下来,来中药铺喝茶的患者越来越多,一时间,坐着的、站着的、蹲着的,中药铺俨然成了大街上的茶馆酒肆一般。再几日，这些患者来此喝茶时个个都笑容满面，谈笑风生，一点儿也看不出原有的病态了。

陈郎中毕竟是学识渊博的大夫，他立刻明白了，原料为王，他家的紫砂壶有着神奇的疗效，一把紫砂壶，就是一个郎中加一个药铺，不仅能够治疗百病，还可以强身健体。当时人们都说，"清馀堂"紫砂壶泡出来的茶水，是菩萨施舍给人间的圣水，来拯救一方百姓的。

就这样，一晃百余年过去了，百余年说起来很漫长，但在历史长河中只是一瞬间。陈郎中的五世孙陈培元，看到制壶比行医来钱快且多，就果断地关了祖传的中药铺，专事"清馀堂"紫砂，成了一名紫砂壶高手。他家的紫砂壶不仅在当地大名鼎鼎，而且被当地官员送进了皇宫，受到皇上和后宫的青睐。所以，陈培元发了大财，坊间人称陈员外。

木秀于林，风必摧之。陈员外的紫砂壶卖得那么好，生意越做越大，当地的同行们也越发妒忌了，收买地痞流氓无缘无故地到"清馀堂"骚扰，从开始的扰乱经营，到后来的四处打砸抢，最终燃起了一把大火，把整个"清馀堂"付之一炬。据说，大火烧了十几天，过后，人家就再也没有看到陈员外和他的家人了。

自此，"清馀堂"的药汁紫砂壶，以及紫砂壶的制作秘籍，在"紫砂之都"宜兴大地，成为一个美丽而动人的传说。

国人向来不相信空穴来风，一些故事传说，反映了先人的智慧，成为启迪后人的宝贵财富。斗转星移，现如今，一个研究中医和紫砂的保健品公司，依据这个美丽的传说，发动公司的科技研发人员，走上黄龙山，走上宝华山，走上茅山，边采集中草药，采摘野茶野果，边寻访传说中的青紫砂泥。同时，抽出人员走访当地及上海、杭州、苏州、无锡等地的古玩市场，搜查"清馀堂"中药宝壶的蛛丝马迹，以期探寻到"清馀堂"的前世今生，收购了大量的老紫砂残片，成为研究探寻紫砂奥秘的珍贵样本。

结果发现,黄龙山脉传说中的青紫砂泥依然存在,用采摘而来的中草药浸泡七七四十九天后,烧制出来的紫砂瓷片与老紫砂瓷片相对比,其光泽度、浸水度、茶汁度、手感度及双气孔不相上下,堪称完美。这下,公司研发人员心里有谱了:"清馀堂"宝壶又可以找回来了。

为了检验该宝壶的效用,公司把这种以中草药浸泡过的青紫砂泥为原料,送到北京、上海、南京等地的专业科研机构进行科学论证。不久,几个科研机构的检验报告陆续出来了,这种紫砂壶富含铁、锌、硒、锶等多种微量元素,可以大大缓解高血糖、高血脂、高血压等"三高"症状。2022年3月,"清馀堂"紫砂壶陶瓷及其制备方法和应用被国家知识产权局授予发明专利证书。

"清馀堂"紫砂壶,带着历史的回声,走进千家万户。

说药神

我这些年研究民俗文化,到各地收集到一些民间的神像,各种神像都有,药神像也有几尊。我收集的这些民俗类的老物件,陈列在我自办的民俗博物馆里,无偿地供人们观赏、怀旧、受教育,以此呼唤大众的传统意识和民族情结。因为,传统文化是我们中华民族的根和魂,我国5000多年的文明发展,一代又一代人有序传承,留下了许许多多的优秀文化遗产,传统文化的熏陶,是潜移默化的,润物细无声,这是我们取之不尽、用之不竭的精神源泉。

民俗领域的研究非常宽泛,上说天,下说地,中间说人类,可以说无所不包含,事事能涉及。因此,所谓的民俗专家,其实都是杂家,什么都懂一点,但什么都不精深。收集民俗类老物件也是这样,五花八门,品类齐全,应有尽有,要啥有啥。这类老物件现在看起来不起眼,有些东西随处可见,但是,如若再过个几十年、百余年,当后人们以考古的眼光来看待之,就像不久前发现海昏侯墓葬一样,肯定会爆发出惊讶的声音。

说出来也许你不相信,收集民俗老物件是讲究缘分的,老物件一般都自有灵性,"文物自己会说话",不需要太多的介绍,更是远离世俗百态。然而,老物件的神奇之处,就在于它往往是可遇而不可求,有缘就能遇到,躲也躲不开,无缘是对面不相逢。

有一天,我收到一尊药王菩萨木雕神像,是清朝中晚期的物品,品相完整,包浆自然,栩栩如生。当我把这尊木雕件请回来运到民俗博物馆时,适逢龙泉古寺智光法师在此游览,他看到这尊药王神像时,立马两眼放光,双手合十,虔诚地鞠躬道:"阿弥陀佛,今天是药王菩萨圣诞,恭迎药神驾到!"

事情就是这么巧合,原来,这天是农历四月二十八,是药王菩萨的圣诞日。智光法师当场告诉众人:祈愿菩萨慈悲加持众生,消灾祛病,身体安康,社会太平!

智光法师接着对众人讲解,药王菩萨,梵名叫鞞逝舍罗惹,以广施良药救治众生身体为己任,以广施法心抚慰人心之痛,普降甘霖,身心双治,让人间存有清欢,共享未来成果。故而,这样的福神,人们理所当然是要顶礼膜拜的。

"药王菩萨身相庄严,发愿救护一切众生。见众生有疾病,一定设法为之解除病痛,众生见之欢喜无比。"智光法师饶有兴趣地介绍道:"《观药王药上二菩萨经》记载,过去无量无边阿僧祇劫有一尊佛,佛号叫琉璃光照如来。这尊佛涅槃后,有一位日藏比丘,聪明多智,为大众广说大乘如来的无上清净平等大慧。当时在大众中有一位星宿光长者,听说大乘平等大慧之后,心生欢喜,以雪山良药供养日藏比丘和众僧,发愿以此功德回向无上菩提,若有众生闻己名者,愿其灭除各种病苦。当时长者的弟弟电光明也随兄长拿着各种醍醐良药供养日藏比丘和其他僧众,就同时发大菩提心,祈愿自己可以成佛。那个时候大众赞叹星宿光长者为药王,赞叹电光明为药上,后来成为药王、药上两位菩萨。佛陀曾对弥勒菩萨预言,这两兄弟将在未来世成佛,号净眼如来和净藏如来。

佛书上的净眼如来和净藏如来,就是千百年来民间供奉的两位药神。看来,由于这两位药神是站在人民大众立场上的,设身处地为劳苦大众治病祛邪,解除人间疾苦,所以,自古以来,民间对药神是十分敬重的。比如,各地都建有"药神庙"供奉净眼如来和净藏如来,传承这种悬壶济世的大爱精神。就是到了 21 世纪的今天,人们在供奉药神的同时,还建有"华佗庵""张仲景祠""扁鹊庙""孙思邈祠""李时珍祠"等等。不久前钟南山院士被授予"共和国勋章",从文化传承上来说,这种国家褒奖与之也是一脉相承的。

翻开历史华章,民间自古有知恩图报的传统,大凡为人类做出重大贡献者,人们总是想方设法铭记他。建祠、修庙、刻碑、立传,就是一种传统的做法。像"岳公庙""杨公庙""包公祠""海公祠"等等,就是历史遗风使然。登峰造极的当数关公关羽了,红脸关公作为一名三国武将,可能他自己也没想到,历史上逐步演变成中国独一无二的"官方神",民间的保护神!可见,药神的出现就是这样,这就是国人崇拜时代英雄的思想根源。

独山火神庙拾趣

六安独山镇,历史文化名镇,著名的革命老区,红色遗址遍布村镇,现有国家文物保护单位9处,有"一镇十六将,独秀大别山"之盛誉,"将军镇"名声远播,红色遗址群独具特色。

这些红色遗址,古建筑十分精致,本身就是凝结传统文化的地方,如苏维埃政治保卫局旧址,原来是淮军名将、台湾首任巡抚刘铭传的当铺,刘铭传能够把当铺开到独山,可见当时独山商贸的繁荣兴旺。

9处国家级文物保护单位之一的"六安县苏维埃红军俱乐部"旧址,又称"列宁俱乐部",原是一座老火神庙戏楼,供奉的是火神爷"火德真君"祝融。相传,祝融是古五帝之一的颛顼的孙子赤帝,是他教会了老百姓使用火,并且诛杀了作孽的火龙,让火为人所用,造福于人类,所以,民间崇拜祝融。火神庙里祝融的形象,是一位头戴乌纱帽、身着大红袍、面色红润的大官人,相貌堂堂,充满了正能量。

这座火神庙是古代独山人赶庙会的地方,一到节庆及农闲,山民们在这里祭祀火神,唱大戏,舞龙灯,庆丰收,吹打跳跃,是一处公共文化场所。红军发动独山暴动后,1931年5月至1932年9月,在这里设立苏维埃俱乐部,是苏维埃公共文化场所,红军在这里举行革命集会,宣传鼓动群众,召开庆功大会,进行战前动员,军队声势浩荡,军民其乐融融。

我由此联想到,我省和全国其他地方一样,很多革命活动场所,大都是利用古时遗留的公共建筑,如庙宇道观、祠堂书院、商铺粮仓等等。革命成功了,这些场所自然是红色革命遗址,成为爱国主义教育基地。因此,这些场所才保存相对完好,历经沧桑而屹立于世。我们现如今能够看到的肥西刘铭传故居,就是因为新中国成立后这里变成了解放军的营房,所以才得以有效保护和利用。我当排长时在这里看守过"刘老圩营房",经常在刘铭传的喂马槽上面晾晒出了脚汗的臭鞋子。现在想来,是对文物的大不敬了。记得2004年刘老圩老营房移交地方文物部门时,我在现场,一位外地记者质疑"解放军破坏文物"。回答他的是省军区副司令员王聚生将军,王将军哈哈一笑说:"要不是我们部队驻扎在这里,这里早就是一片平地了,你说是破坏还是保护?"那位记者脸一红,就没有再提问了。

大凡修建火神庙的地方,都是怕火、易发生火灾的地方或行当,如森林地区、街面店铺、连片民居等。就拿独山镇来说,这座地处大别山深处的小镇,历史上曾发生过山林大火,也发生过火烧街面,水火无情,一旦失火,将损失惨重,甚至生灵涂炭。火从哪里来的?相传,燧人氏是钻木取火的发明者。在民间,铁匠的风俗是生炉火之前,先要敬香焚纸,奉祀燧人氏,是他发明了钻木取火,所以铁匠才能有立业养家的这份职业。

独山火神庙有一处宽阔的场地,院落里能容纳上千人,后面一排后来建设的平房,是独山镇十六位共和国将军的事迹陈列馆,挂一匾额"将军厅"。大门里面是现存的火神庙戏楼,戏台两边石柱上的文字记载,这座戏楼是江西南昌府丰城县信士熊祥先出资重建的,重建于清代道光癸卯年间(1843),距今已177年了。戏楼的楹联为:"楼增新气象革鸟飞翚,戏演旧衣冠经文纬武。"楹联的石柱是整块条石雕凿而成,显得十分坚固。从戏楼规模可以看出,石柱粗壮,木料坚固,雕梁画栋,飞檐翘角,气势恢宏,在当时想必是小镇上一处高大建筑。我来这里多次,每次都想,这个出资修建戏楼的信士熊祥先,一个江西人,为何千里迢迢来到大别山深处修戏楼?

他是一个人来的,还是一家人都来到这里?他在独山是做生意,学手艺,还是来这里落户了?难道他是当地的地方官吗?他,或他家,遭受过火灾的蹂躏吗?要不然,又为何个人出资复建火神庙戏楼?戏楼建造好之后,他请了哪里的戏班在此演出?肯定是演出盛况空前,受到独山人民的喜欢……

我问了居住在火神庙附近的老人,老人们对我说,他们也不知道这个信士熊祥先从哪里来,又到哪里去了。他们只知道,新中国成立以来,独山地区没有发生过大火灾,独山人安居乐业,小日子越过越红火了。

熊祥先信士,名字雕刻在石柱上,谜一样的人物。游览之后,我萌生出认识他的冲动。开发独山红街的总经理张浩告诉我,他们公司在打造红色文化的同时,下一步将组织力量挖掘独山镇的传统文化,把丰富厚重的红色文化与博大精深的传统文化融合发展,交相生辉。

火神庙的大门门庭宽大,门头没有匾额,大门两侧各有一幅花卉石雕,门框上没题写楹联,显得不够雅致,或者说有些粗糙。倒是大门两边的小门头上,左边嵌有一"海口"石匾,右边嵌有一"云心"石匾。看到这里,我突然想起了古人云:"天有三宝日月星,地有三宝水火风,人有三宝精气神。""海口"为水,火神庙有火,"云心"乃风,这恰好是取"水火风"之意,此处乃风水宝地也。

先人智慧,可见一斑。

远行的"渔鼓曲"

我居住的小村庄,地处皖西北鸡鸣三县的旮旯里,北边是河南省郸城县,西边是界首市,南边和东边都是我太和县的地盘。界首和太和,新中国成立之后曾两度合二为一,当时叫"首太县"。从人口数量上说,太和人口多于界首一倍之多,为啥"首"在前"太"在后?就这个疑问,俺曾问过当过"首太县"县民的老辈人,他们也答不出所以然。但于界首市和太和县来说,与其说是两个县,不如说是"一家人"。

小时候,现在的非遗"界首渔鼓",那时候也是我家乡的民间曲艺形式,说白了,是乞讨的一种道具而已。我不清楚现在为何称呼"界首渔鼓",而不称呼"太和渔鼓"?或干脆叫"首太渔鼓",但不管怎么说,这种民间的曲艺形式,在发展大势瞬息万变的当今,总算是原汁原味地保留下来了,这还是令人倍感欣慰的。

渔鼓又称"道筒子"或"坠子嗡",也称"嗡坠子""瞎哼哼",是发自民间的一种古老的剧种。所谓的"渔鼓",也就是用一个三尺长短的竹节,把竹节从里面打通,制作成竹筒子,两端用猪皮或驴皮包裹住,也有用牛羊皮的,用手掌击打,发出"嗡嗡嗡"的声音。演唱时,则是把渔鼓背在身上,一手击打渔鼓,一手操作"夹板","夹板"以枣木的居多,声音脆响,配以类似大鼓书声调的说唱,吸引村民的围观,借此收点大豆、玉米、红薯干或一碗稀粥的报酬,用来养家糊口,有时也能够吃顿饱饭。

渔鼓的操作者，一般是身上穿着戏服，从头到脚，或一身黑衣，或一袭纯白，或黑白相间，梳成"道士"的发髻，有"道士"之风。渔鼓艺人上门乞讨时，一人一台戏，操作渔鼓是手击口吟，咚咚作响，声高声低，咿咿呀呀，不给点东西就不停地唱，给完东西就转身去下一家。也有一男一女两人表演的，一人击打渔鼓，一人打起"夹板"，一说一唱，一唱一和，给人以琴瑟和谐的美的享受。而如果是舞台上表演渔鼓，有一人的，也有多人的，一人者居多，二人者有之，多人者较少，则是边舞边吟，有打情骂俏的幽默，也有传统戏曲的经典对白，听众陶醉其间，不自觉地把你带入了戏境之中。这当儿，渔鼓艺人往往是表演到高潮时，则戛然而止，开始收钱，你一分他二分地往艺人的身边投去，民间艺人不容易，也收不到多少钱。当然，听众里如果碰到有钱的主儿，也有投一毛两毛的。听众们投的钱越多，艺人的表演就越卖力，下面往往是叫好声不断。

　　据老辈人说，唱渔鼓的历史可悠久了，上可追溯到明朝初年，好几百年了。那个时候，农民起义风起云涌，中原大地处处厮杀，你争我夺，民不聊生。一些底层的民众，为了躲避参与战争，也是为了生存下去，于是就装疯扮傻，穿着"疯服"，敲着渔鼓，放声歌唱，翩翩起舞。外人都以为这个人是疯子，既然疯了，就没有人关注他了。久而久之，就形成了这样一种民间底层的曲艺形式了。

　　前几年，安徽大学举办全省非遗展演，在组织"界首渔鼓"展示时，我专门去现场感受了一番。只见一老年渔鼓艺人，据说是"界首渔鼓"唯一的传承人，在舞台上边敲边舞，口中咿咿呀呀。那打扮、那唱腔、那动作以及整体舞台效果，虽然博得观众的阵阵掌声，但是，我总是觉得，哪儿还是有点不对劲，与我记忆里的渔鼓演唱，有点儿变腔变调了。

　　为啥？因为这个渔鼓艺人，不知是主办方的要求，还是为了让听众能够听得懂，演唱时故意"咬字"，皖北话里夹杂了一些普通话，我听了就像吃夹生饭一样,觉得有点别扭,越听越感觉不伦不类了。地方曲艺之所以有地方特色,就在于那个原有的"味道",如果变了那个"味",那么,就确实没有啥味道了。

在我的记忆里,渔鼓以演唱为主,夹白为辅,唱腔高亢嘹亮,嗓音略有沙哑,委婉动听,不仅悦耳养神,且极具观赏性,还养眼养性。正规演出所表演的内容,还是多为传统书目,比如《说包公》《说罗成》等,虽是民间小戏,也是能够入大流的。

我村庄有位唱渔鼓的老者,唱了一辈子渔鼓,上了年岁的村人都喊他"老渔鼓"。这些年来,村里人大都外出打工去了,只剩下老的小的了。老年人也是听了他一辈子渔鼓戏,都听腻歪了,谁也不愿意听了。小孩子们又听不懂,都喊他"疯爷爷"。这样一来,老艺人就失去了存在感,天天窝在家里就不出门了。然而,村民们时不时地仍然能够听到"咚咚咚"的渔鼓声,以及那沙哑的咿咿呀呀的说唱声……

村民们都说,"老渔鼓"这下子真的是"疯了"。

终于有一天,大伙儿听不到老艺人的渔鼓声了,也看不到"老渔鼓"的身影了。这时,村民们才感到不对劲,急忙赶到"老渔鼓"家一看,老艺人身抱渔鼓,早已驾鹤西行了……

老街情缘

千年古镇上一般都有百年老街。老街两厢的房舍错落有致、斑驳陆离,街道上的青石板坑坑洼洼、车辙深深,似有车轮辚辚、马匹嘶鸣。青石板油光明亮,写满了时光漫漫,尽显着世态悠长。

老街上的风,是古韵之风。老街上的人,有古人的心胸。老街的空气里,仍然有古人的气息。这不是复古,这是历史传承。

百年老街上一般都有历史名人。史上名人留存下来的遗迹,曰府衙,曰古籍,曰墓园,曰故事。今日在老街上能够看到的,有庭院深深,有古木参天,有翠竹摇曳,有小桥流水,有游人如织。能够听到的,有蛙声,有蝉鸣,有鸟叫,有游客喃喃自语:这家是将军府,那家是四品官……

老街,时代沧桑,文化厚重,历史回声,荡漾激情。

见识了宋代的排水沟

——到黄屯老街上走一走

那年,庐江县民俗文化研究会成立,我受邀前往参加其成立仪式。在这次活动上,我结识了庐江文化名流汪德生先生。汪先生高高的个子,一头白发飘逸洒脱,风流倜傥,一副标准的美男子形象。汪先生告诉我,庐江有个黄屯老街,始建于唐朝年间,至今已有上千多年的历史了,邀请我方便的时候去老街看看。

研究民俗,绕不开老街这个话题。所以,黄屯老街,我一直惦记在心,心向往之。

心中若有桃花源,何处不是云水间。一个偶然的机会,省民俗学会要研究历史文化街巷的保护课题,我就立马建议去黄屯老街,召开全省性老街历史文化传承与保护的专家研讨会,一睹千年老街的芳容。

黄屯位于庐江县龙桥镇,现是社区建制。到了黄屯,龙桥镇领导何海生给我们讲了一个"黄屯大饼"的故事。黄屯的大饼,据传说慈禧太后也曾品尝过,那是庚子年七月,八国联军攻陷北京,慈禧太后和光绪帝被一班大臣们簇拥着,从北京向西逃亡。行至怀来县附近,已是饥疲难耐。此时,有宣化镇总兵何乘鳌接驾,见太后饥饿,于是磨米成粉,包裹菜心,做成自己家乡的黄屯大饼奉上。慈禧太后、光绪帝和大臣们品尝后,个个心满意足,赞不绝口。从此,黄屯大饼就作为"贡品",年年进贡,成为一个贵重名品,终于在民间传承下来了。

紧接着，何海生带着我们一行，去实地探访老街、老水沟、老屋、老人、老手艺、老物件……

据《庐江县地名故事》记载，黄屯，地名起因于东汉末年，庐江人黄穰起义，在此屯兵，故得名黄屯。至唐朝末年，黄屯老街逐渐形成，至今已有1200多年历史了。老街坐落在铜盆山脚下，铜盆山是块风水宝地，山上青石林立，翠竹擎天，风景秀丽，给人以别有洞天之感。清朝大员张廷玉的舅舅的墓地，就坐落在离这座山不远处的吴家山上，现为一处人文景观。

黄屯老街，被列入安徽省首批千年古村落。老街长约一千余米，街道铺设的石板条十分光滑，石板条中间的凹槽清晰可见，两厢的古建筑保存完好。青瓦粉墙被一道道马头墙高高挑起，飞檐翘角透露出浓浓的徽风雅韵，风貌独特。

自古以来，黄屯就是闻名十里八乡的竹器之乡。靠山吃山，靠水吃水，独特的地理环境，促进了老街商业和手工业的发达兴旺。我们在老街上看到，老店铺确实较多，竹器店、茶馆、商店、杂货铺、理发铺、打铁铺、银器店、钟表铺等应有尽有，尤其是竹器，竹椅、竹凉垫、竹板床、竹凳子等等，琳琅满目，美不胜收。

老街有一处四合院建筑，那是过去计划经济时代的公社食品站，也就是杀猪卖肉的地方。何海生介绍说，相传，这处建筑是明朝方孝孺后人的宅第，方孝孺早年受到皇帝朱元璋的赏识，朱皇帝曾对皇太子朱标说："这是一个品行端正的人才，你应当一直用他到老。"所以，他也一直忠于建文帝朱允炆。朱棣发起"靖难"时，黑衣宰相姚广孝把方孝孺介绍给朱棣，说："南京城攻下之日，他一定不投降，希望不要杀他。杀了方孝孺，天下的读书种子就灭绝了。"朱棣当时点头应承。后来，朱棣想要方孝孺起草即位诏书。方孝孺把笔掷到地上，边哭边骂道："死就死了吧，诏书我绝不能起草。"朱棣发怒，道："尔就不怕诛灭九族吗？"方孝孺答："十族又如何！"就这样,方孝孺成为史上唯一被灭十族者。族人听闻方孝孺获此大罪,纷纷潜逃出去,其中有一脉逃至此地,这里大山环绕,交通闭塞,民风淳朴,物产丰富,尤其是老街上的人不排外,所以,方家后人在此隐姓埋名,扎下根来,繁衍生息,开枝散叶。据说,现在庐江这一脉方氏后人有百余人之众,且与全国方孝孺后人互动密切。

我们一路走,一路看,一路听,一路叹。感叹此地物华天宝,感叹古人情怀天下,感叹老街历史深厚,感叹发展未来可期。突然,哗啦啦的流水声引起了我们的注意,大家不约而同地问道:"这水声是从哪里流出来的?"

"地下排水沟。"何海生解答道,"这是宋代遗留下来的排水沟,至今仍在发挥作用,历次大水,老街从没有受淹。"

原来,这里地处大山腹地,一到梅雨季节,容易出现山洪暴发,居民的房宿就会被洪水冲塌,人民的生命财产时时会受到威胁。先人们从来是不缺乏智慧的,于是,一条贯穿老街直达河流的暗沟建成了,老街两旁的家家户户,都连接着这条暗沟,不管下多大的雨,不管是哪个方向来水,到这里瞬间即逝,人们只能听到流水的声音,而看不到污水横流。

何海生把我们带到一处暗沟的排水口,只见排水口的石头乌黑阴森,像泵站一样在哗哗地向外排水,流水顺着一条河道,急速地向远方流去。

见识了宋代的排水沟,我们更加钦佩古人的智慧超群,更加感到黄屯老街的研究价值。我们一行都建议当地政府,认真打造老街的历史文化,保护好老街的业态和生态,让老街充满烟火气,形成独具特色的老街风景。我们有理由相信,在不久的将来,黄屯老街的历史文化风物,必将绽放出绚丽多彩的光芒!因为,这里不仅是专属于黄屯人的记忆,它正逐步穿越、延伸到远方和未来,延伸到全省和全国。

听到了徽商的脚步声

——歙县渔梁坝探古寻幽

到徽州常常梦见徽商。

"前世不修,生在徽州;十三四岁,往外一丢。"这是古徽州商人的真实写照。徽商,横跨明清两代,雄霸商界400多年,成就了史上徽州商人的辉煌篇章。

我多次到徽州大地,探源徽商的前世今生。一直在想,这个偏僻的大山沟里,怎么能走出这么多商人呢?他们为何有那样的商业头脑?商人与文化又是如何联姻的呢?徽商遗迹又是如何保存下来的呢?徽商文化又是如何传承下来的呢?

徽州的朋友告诉我,要了解徽商,你先去位于歙县的渔梁坝看看,那里是徽商的源头,能清晰看见徽商的身影。

于是,我带着一大堆问号,去了渔梁坝,且接连去了好几次。

渔梁坝兴修于隋唐年间,它是我国古代著名的水利工程之一,有着"江南都江堰"的美誉。据史料记载,隋唐时期,徽州人祖先、越国公汪华徙新安郡治于歙县,并筑坝截流,为水上军需民用,后经历朝修缮保存至今。渔梁坝是练江中的一道滚水石坝,长138米,底宽27米,顶宽4米,全部用清一色的坚石垒砌而成,每块石头重有吨余。它们垒砌的建筑方法科学、巧妙,每垒十块青石,均立一根石柱,上下层之间用坚石墩如钉插入。上下层如穿了石锁,互相衔接,极为牢固。每一层各条石之间又用石锁连锁,如此上下左右紧连一体,构筑成了跨江而卧的坚实渔梁坝。这种锁扣式建筑,别说是上古年代,就是放到今天,也是一项高难度的建筑构造,古人智慧,聪明绝顶,令今人叹为观止!

早在明清时期,这里就是一个重要的船运码头,大山深处,道路闭塞,这条名叫练江的水道,就是一条黄金水道。古时候的交通不能与当今同日而语。河流,就是黄金水道,就是"高速公路"。哪里有河流,哪里就富裕;哪里有河流,哪里就出人才;哪里有河流,哪里就是先发地区。

遥想当年,一群群徽州人辞别高堂,抛下妻小,登舟远去,岸边送别的父母满头白发,幼小的孩童哇哇大哭,娇柔的妻子愁肠万断,其情其景,凄凄惨惨,是何等悲壮!徽商从这里下水,练江是新安江上的最大支流,船只从这里启航,再转入新安江,继而飘摇至苏浙等地,开启一个又一个家族的兴旺发达之旅,是名副其实的"徽商之源"。

其实,凡事都是"逼"出来的。绵绵不绝的大山,给了徽商不断外拓的地缘禀赋,但更多的还是灾难和痛苦。山多田少的地区,一方水土养一方人,生存之道就是靠双手双脚,把大山里的资源,山货、茶叶、木材乃至石头……带出大山,换回来一些米面、布匹等生产生活用品,过上相对好一些的日子。在这里,拖家带口的徽商们,不仅带着家乡的土特产,同样带着发家致富的梦想,船只一艘又一艘地往外进发,每艘船里都满载希望,无限希冀也随着船只飞向了外地,走向了远方。

这就是徽州商人走出去的原动力。

百舸争流,千帆竞发,徽商们走了一批又一批,其中不乏成功人士,像胡雪岩这样的商人,不仅家财万贯,而且带上了"二品红顶花翎",穿上了朝廷赐予的"黄马褂",可以骑马直入紫禁城,创造了史上商人的传奇,留载徽商史册,铸成了一座历史丰碑。

当然,成功者毕竟是少数,在走出去的人群里,有的当了伙计,有的成了仆人,有的成了叫花子,甚至有的当了土匪,也有的客死他乡。不管是成功者还是失败者,都有一把辛酸泪,张口都是泪汪汪。

在渔梁坝,一次次听讲解员讲述,渔梁村一些上年纪的老人,还依稀记得离坝不远的地方有个小屋,当地人称为"藏柩屋",是专门为存放那些客死他乡的徽商,灵柩运抵家乡而建的临时停尸房。在古代,外出离别就是生死离别,有天灾,有疾病,有匪祸,有兵荒马乱,徽商客死他乡者不计其数。不少徽商尤其是上了年岁的人死在外地后,最大的遗愿就是叶落归根。于是,他们的遗体在亲朋或老乡的帮助下被运回徽州,运到了渔梁坝,然后再由亲人取走。旧时候信息不灵通,交通不便利,有些灵柩不会很快就被亲人取走,当地人就修建了这间"藏柩屋"。

现如今可以看到的渔梁坝,全部用清一色的坚硬石头垒砌而成,块块连锁,浑然一体,坚实而美观。渔梁坝这个古老的水利工程,不仅在发挥着水利工程的作用,也用它曾经的故事,吸引着来自中外的游客,一览徽商源头的古韵,承载着喜悦,连接着历史,必将走进人们的记忆深处,走向深沉历史的远方……

古老堤坝的附近,就是渔梁老街,岁月流淌,遗留的渔梁老街老店告诉人们,这里曾经热闹,曾经繁华,也曾无限辉煌。走在街巷之上,仿佛穿越了几个世纪,徜徉在这时光长河里,不知今夕是何年……

一道民俗风景线

——长临古街青石板的诉说

"常临长临常得福,观民观俗观不俗。"这是我为长临河民俗文化博物馆撰写的楹联,由著名书法家、省书协副主席、合肥市书协主席陈智先生书写。2022年虎年春节,我又为该民俗馆撰了一副春联"八百里巢湖烟波浩渺,两千年老街民俗生辉",并专此请著名书法家张业建先生亲书。

或许有人不解,笔者怎么这么看重该民俗馆?当然事出有因。我在肥东工作了8年时间,由于工作关系,我年年都要到长临河这里防汛,巢湖北岸、南淝河沿岸、十八联圩区……

来长临河的次数多了,我发现这座始建于三国时期的湖边小镇,竟然保存着古色古香的千年老街,老街上的青石板光滑明亮,石板中间的车辙清晰可见。这条青石板老街,似乎在向来往的游人,诉说着古镇的前世今生。

长临河地名的历史传说较多,史上有文字可查的长宁寺、庐州八景之一的"四顶朝霞"、通达多地的水陆码头等,至今仍在上了年岁的老年人的口中传播。长临社区80多岁的王书记告诉我,老街在民国时期,临街房屋有几百间,西边有城墙,有城楼,街上的店、馆、庄、堂、铺、房、坊连成一片,米行、布庄、药店、酱园、酒馆、五洋百货应有尽有,有"小上海"之称。那个时候,老街人经常能看到有达官贵人携带姨太太从这里上下码头,成为一道看似平常却又趣味十足的风景。

现在的长临老街,是2013年在原址基础上翻修的,建筑有老有新。放眼望去,老的建筑依然古色古香,新修缮的建筑也不失古韵,整条老街处处彰显着浓郁的历史文化气息。

笔者在老街的东街看到,原貌留存的"百年邮局",外墙虽已斑驳陆离,但那种古典美却是掩饰不住的。这里原是淮军将领吴毓芬、吴毓兰兄弟宅第。作为从长临河老街走出去的历史名人,吴毓芬、吴毓兰是从老街的青石板上走过的人物,写老街的历史文化,吴毓芬、吴毓兰兄弟是绕不过去的一个名人坐标。

兄弟两人既是武将,也是文人。吴毓芬,字伯华,官至江苏候补道,加按察使衔,著有《也是园诗钞》五卷。吴毓兰,字香畹,官至道员,加布政使衔,著有《训子格言》。

大部分历史名人,不管他从事什么职业,首先是文化人,且都有著述传世。正如吴毓芬、吴毓兰兄弟,他们都有丰硕著作,也都有故事传说。

吴家世代为官,吴家在长临、六家畈都有较多宅院,所以,长临、六家畈一带,不仅留下了丰富的吴氏遗产,也留下了不少人文佳话。比如,巢湖姥山岛上的文峰塔,就是吴毓芬出资续建的,塔内有吴毓芬题写的"天心水面"匾额,书法工整端庄,体现了古代士大夫的传统功力。

老街办了一个民俗博物馆,博物馆的房舍是一座三进式建筑。据说这里原本是五进式建筑,也是吴毓芬、吴毓兰的家宅,新中国成立后,这里成为长临公社的食品站,复建老街时改造而成。我有时在想,既然恢复建设,为何不恢复原貌呢?恐怕也是受"拆迁难"的困扰吧!

千年古镇,精彩芬芳。民俗文化,源远流长。这座以"留存民间物件,展示农耕文化"为主旨的民俗文化博物馆,陈列展示的是长临河地区原汁原味的老物件,不管是木器、竹器、篾器,还是石器、铜器、瓷器,抑或是带着泥土芳香的耧犁锄耙及风车水车牛车,从土地走来,从农家小院走来,穿越了上千年,出现在游人面前,让游人情不自禁地产生一些联想……

在三进式馆舍的前后院子里,展示了一些古老的石器,石磨、石碾、石鼓、石臼窝、石磙、石柱础等等,这些形体笨拙的石器,作为一个个独特的物件,是人类社会的功臣,每个石器本身就是一座石碑。

在这个博物馆里,有一件文物最为显眼——"探花及第"四字匾额。这块匾额是雍正年间当地人吴秀才科举高中的荣耀,题匾者是当时合肥的县令,这是长临文化底蕴的有力物证。

从民俗博物馆出来,就踏上了老街的青石板街道。青石板是古镇历史发展的见证者,它向每一位走过来的游客,不停地诉说着古镇往事,让人们品味历史悠久的巢湖古韵律。

听古人讲那遥远的故事
——探访桐城市孔城老街

我在一篇文章中看到这样一段话:"每一条巷弄都拖着一个长长的影子,每一条巷弄都流传着一个津津有味的故事,每一条巷弄都有一段难以磨灭的记忆。"

所以,我在去孔城老街之前,就在微信里跟孔城镇文友吴春富先生聊天:找一个能讲孔城老巷弄故事的人,给我们讲一讲这些古老巷弄的前世今生。

谁知,吴春富先生竟然自信地说,他是"孔城通",人称"孔城大使",孔城的巷弄故事张口就来。

到了孔城,让我有点诧异的是,进老街居然收门票。

这样,我们买票进入孔城老街之后,由吴春富先生陪同,就不用再请讲解员了。其实,我知道"古迹本身会说话",老街本身就是最好的讲解员,它代表历朝历代本地的古人,在向今人讲述着他们那遥远而奇妙的故事。

孔城老街坐落于桐城市孔城镇境内,距桐城市市区12千米,已有1800多年历史了。老街总长约3千米,街道宽度为3米左右,街、巷、弄路面均为麻石所铺,总面积达17万平方米,拥有古建筑118幢、临街商铺300间,共分为十甲明清街坊,每甲之间有闸门隔挡。在老街口的斑驳墙壁上,"一甲"两个字清晰可见。整个街道是南北走向,呈"S"形,地势北高南低,一条主街,两条横街,另有三巷一弄。巷弄两旁的店铺房舍皆为青砖灰瓦,多具飞檐翘角,木镂花窗,非常精美,观赏性很强。可以说,孔城老街是江北地区保存完整、体量较大、建制独特、原汁原味的一条古街巷,极具研究和保护价值。

吴春富先生滔滔不绝地讲述着这条街那条巷这个弄的故事,可以听得出来,他确实业务熟练,且文史知识丰富,表达能力很强,很有感染力。

位于老街内的李鸿章钱庄、倪府、桐乡书院、孔城影剧院、姚家大屋、黄家大屋、蒋家大屋、"文革"语录墙、程氏祠堂、瑞和祥布庄、裕丰隆香纸商号、贺福昌铁器行、陶德兴陶恒兴纱庄等等,这些具有文化内涵的景点,有厚重的历史感,有实物可看,有故事可听,有场景体验,还是很有参观价值的,看了之后,能够让人思考一些东西,有意想不到的收获。

我去过省内部分老街老巷,大都能看到李鸿章钱庄、李鸿章当铺、李鸿章粮仓等。似乎李鸿章不是国家大员,更像是个大商人,到处都开有分店。孔城老街也有一座李鸿章钱庄。这座钱庄位于老街二甲,坐东朝西,面阔三间,占地面积2000平方米,建筑面积680平方米,前后七进,中间两进已毁,楼下正中设一方天井,上承天光,下接地气,符合阴阳调和之风水学布局。吴春富先生讲解说,清同治年间,桐城的亲戚直隶总督李鸿章,派人在孔城老街设立钱庄,主要是为老街商户和百姓提供银钱兑换业务,李鸿章的家族经济实体遍布城乡,李氏家族富甲天下。

和全国各地的许多建筑古迹一样,孔城老街也流传有不少革命故事。在位于老街五甲(地段)与六甲交会处的寺巷,巷子北边有一个名叫"华清池"的澡堂。1948年10月,中共地下党组织桐枞独立纵队纵队长程定一执行上级指示,化装来孔城侦察敌情,进入老街后与警卫直抵寺巷华清池,边洗澡边探听情报。在这里,程定一接触了时任国民党孔城联防队大队长程光华,两人寒暄后,街上即响起了急促的警报声。对面另一家澡堂"石泉园"也喧闹起来,都说共产党到镇上来了,解放军进来了!此时,镇上守敌

528团迅速出动,将甲间所有栅门全部关闭,并挨家挨户搜查。危急关头,程定一沉着应对,将警卫妥善安排,自己不慌不忙地从后街叩开了时任孔城商会会长吴茂堂家的后门,当时,这种大义气势镇住了吴茂堂,获得了商会的掩护。此次侦察,为桐城及孔城的解放,也为二野渡江获取了重要情报。所以,在这个华清池澡堂,能够看到关于这次革命侦察活动的史料及人物照片,成为一处革命纪念之地。

吴春富先生很自豪地介绍说,甲文化,是孔城一种独有的文化现象。

那么,什么是"甲文化"?孔城老街的甲,是一个地域范围,每甲相对独立,具备防御功能,夜晚栅门紧闭,互不通行,是一个独立的城堡。同时,甲还有功能区的意思,经营什么,做什么,有其独特的功能,这在全国老街中实属罕见。一甲是传统手工艺;二甲是布匹、药材经营;三甲是书院文化、商贾大户;四甲是政治、经济中心;五甲是小吃、京货;六甲是米行、酒坊;七甲是柴市、猪集;八甲是鱼行、菜市;九甲是茶楼、货运;十甲是客栈、旅馆。区域分工非常明确,规划布局非常合理,行业格局非常清晰,古人智慧可见一斑!

这时,吴春富先生喊来一老者,用其独特的地方腔调,边敲锣鼓边唱道:"一甲咚咚呛,高跷带五猖;二甲真有钱,出个彩轮船;三甲真大胆,出个玻璃伞;四甲人斯文,出个富贵亭;五甲没的出,出个十二属;六甲与七甲,平台伴銮驾;八甲不顾羞,出个老悠秋;九甲狮子丑,像个哈巴狗;十甲人真榷,出的是台阁。"

罗春富说,这是孔城的《十甲歌》,祖祖辈辈流传下来的,不知道是谁编的词,也不知道是谁谱的曲,听起来有点像地方的黄梅小调,这就是老街行业文化的典型反映。

孔城离桐城市区较近,孔城的文化,源于桐城。

桐城是闻名全国的历史文化名城,有"文都"之美誉。"桐城派",是中华文脉的一座丰碑,戴名世、方苞、刘大櫆、姚鼐等被尊为"桐城派"的开山鼻祖。

"千里修书只为墙,让他三尺又何妨。万里长城今犹在,不见当年秦始皇。"张英、张廷玉父子宰相,更是桐城历史名人的一个坐标系。

历史上,孔城也是名人辈出。

在老街五甲,有一座"倪氏知府",是清末江西抚州知府倪朴斋的宅院,也是孔城老街保存最好的官宦府邸了。据记载,1890年,光绪帝准许倪朴斋告老还乡,赏赐他万民伞和建房材料,倪知府在抚州请木匠把木料做成房屋框架,用船运输到孔城老街。那天,孔城老街百姓自发地在河边码头摆上两个特制大盆,放入两面镜子,装满清水,赞誉他为官"清如水、明如镜"。至今,这处倪府和位于桐城市区的"六尺巷"一样,成为当地一处重要的廉政教育场所。

零距离接触孔城老街,似乎是穿越了1800年,与老街的古人进行对话,谈古论今。世事变迁,时光转换,历史长河湮没了无数风云雅事,留下了无数的故事传说。也许,老街已完成了自己的使命,是非曲直,任后人评说吧。只是,参观完毕,我总是觉得这座老街还是一个空壳,让游人钻进这个空壳里,发散思维,放飞想象,浮想联翩。

更让我感到不解的是,在老街看到了不少游人,也看到了不少工作人员,有些商铺也很热闹,就是没看到原住民,尤其是一些老宅院,没有看到民间应有的烟火气。

吴春富说,老街改造时,是一个文化公司承办的,他们为了更好地布局建设街巷弄,就提出了老街原住民搬迁出去的条件,那就是在附近建造了楼房,以老街旧房换取新楼房,原住民都上楼去了。我感到很惊讶。文化大家冯骥才先生曾说:"原住民是老街的灵魂。"没有了原住民,老街真的是一座"空壳"了,看来,还是把原住民请回来吧!

时光走了600年

——探访毛坦厂明清老街

皖西大别山腹地有一个名叫"毛坦厂"的地方,乍一听,还以为是生产毛毯的工厂呢!其实,这是一个地名,是一个有文化有底蕴的地名。至今,这里保存有皖西地区唯一较为完整的百年老街,向游人讲述着毛坦厂人的前世今生。

据了解,毛坦厂老街始建于元代,发展于明代,形成于清代。现保存的老街,长约1330米,宽3.7至5.3米,共有房屋950多间,建筑面积61547平方米,其中古建筑面积达13684平方米。老街街面为青石板和鹅卵石铺就,老街铺面585间,多数为前店后坊带住宅院构架。老街上有明代的五柱排山出廊房、清代的大驮小重梁风火山房、民国的人字木架房,为清一色青砖、灰瓦白墙、天井院、防火墙的徽派建筑,代表了明清时期江北古街的建筑风貌,被批准为第三批中国历史文化名镇,是研究明清民居建筑不可多得的珍贵实物。

这处老街默默地伫立在大山深处,沉寂了几百年,多年来一直不温不火,就像是藏在深闺的少女,静谧而美丽。

可没有想到,近些年,毛坦厂突然"火"了,"火"得连中央电视台都接连进行报道,这下,全国人民都知道了这个地方。

毛坦厂镇的火,并非因为老街,老街固然老兮,焕发不出这般活力了。正如中央电视台所报道的,这里的毛坦厂中学,被誉为"高考工厂",一到高考季节,这里就像革命战争年代人民群众送红军那样,千车齐发,万人送考,场景空前。

这所大山沟里的学校,这么多优秀的学子,其实并不都是大山里的孩子,其学生中的绝大部分,则是来自安徽全省各地,并以合肥市居多,也有极少数来自外省,听说还有北京、上海转来的学生。

看来,这注定是一处不平凡之地。

为探寻毛坦厂镇的神奇,我曾连续几次前往该镇,不仅去了这所闻名全国的山区中学,而且仔细研究了这处老街。

大凡有老街的地方,都有历史文化底蕴,要么这里是兵家要地,要么这里出大官、有名人,要么这里发生过重大历史事件,要么这里史上曾经经贸繁华。毛坦厂老街也是这样,历史上,这个老街商铺林立,商业发达,湖北、河南、山东及安徽本省的客商,都蜂拥到这里开展贸易活动,大山深处,彰显着无限的生机活力。

更值得一提的是,老街人自古有"崇文尚书"的传统,寒门出贵子,大山人要走出深山,只有靠"十年寒窗",科举功名。所以,多少年来,这里走出了一大批"达官贵人",耕读传家,青史留名。这一点,就像现如今的毛坦厂中学一样。凡事有源,看来,毛坦厂中学的做法,是有当地历史遗风的。

在毛坦厂的历史名人中,最具代表性的人物,当数清代的涂宗瀛了。涂宗瀛,字阆仙,号朗轩,其父涂蕴辉是私塾先生。涂宗瀛自幼启蒙,聪颖好学,道光二十四年(1840)中举,历任江宁知府、苏松太道员、湖南按察使、广西巡抚、河南巡抚、湖南巡抚、兵部尚书、湖广总督等要职,是名副其实的"一方诸侯"。

老街上现留存的一处"涂公馆",它的主人,就是涂宗瀛。我在现场看到,现存的建筑虽然很破败,但身处这处深宅大院,还可以感觉到当年的豪华,还能看出精美的痕迹。这些建筑所用之石,据说全是从江南某地运来的上等石料,遗留的房屋、社宇、石碑、石坊、石门墩、石井坛、石龙、石凤、石圣旨,比比皆是,其数量之多、规模之大、艺术之精,令人叹为观止。

这座"涂公馆"就是一座清朝士大夫宅院博物馆啊!我禁不住连声赞叹。应当说,由于岁月风华,这处古建筑保存得不是太好,或者说损坏比较严重,已濒临残垣断壁的地步了。尤其是保存的一个门当,是花岗岩材质,雕刻手法独到,是典型的旧制官家用品,这应该是一对,只可惜就剩一个了,那一个到哪里去了呢?无论是研究历史人文,还是研究石材雕刻艺术,都令人感到遗憾。

在"涂公馆"附近,有一个制卖油纸伞的店铺,我进去买了两把民国时期流行的油纸伞,一把男式蓝色的,一把女式红色的,换上租来的长衫、旗袍,打着油纸伞走在青石板上,"民国风"立显,真是别有一番风味。

这是一处传达着历史回声的老街,我在老街上大声呼吁,要加大文化传承和创意力度,希望当地有识之士,能够利用"互联网+手工艺"的发展模式,来恢复老街活力:打造老街店坊老字号品牌,扩大伞匠、篾匠、磨豆腐等老作坊手工艺规模,激活老街市场;挖掘毛坦厂镇崇文尚书、耕读传家的内涵,开办楹联文化馆、书画馆以及艺术创作工作室、农家书屋等,提升老街文化品位;举办经常性的文化展示活动及富有特色的民俗表演活动,集聚老街人气,彰显老街文化底蕴和魅力,打造成一处"皖西明珠"。

辞别"涂公馆",我的心中浮想联翩。对毛坦厂老街来说,时光走了600余年,回头看看,俨然一瞬间。老街还在,今人传承着古人的故事,依然往前行走着。老街人"修旧如旧",我们在老街上亦能看到一些古时候繁华的影子,让游人穿越时空,期盼600年老街的"凤凰涅槃"。

君子镇上寻君子
——瓦埠老街拜谒方振武将军故居

瓦埠湖，是安徽省淮河流域最大的湖泊。1991年淮河发大水时，我曾在那里参加抗洪。当然，我不是扛沙包堵缺口的战士，我是身背照相机的新闻战士，在瓦埠湖报道那些参加抗洪战斗的勇士。

那个时候听到的故事，一是瓦埠老街，有2000多年历史了，文化底蕴深厚；二是老街上的历史名人方振武，是著名的抗日将军；三是瓦埠湖银鱼，是极富营养的地方特产。当时想，待大水过后，瓦埠一带恢复了生机，我一定来"故地重游"，探访瓦埠古镇的古韵奥秘。

瓦埠湖属于寿县。寿县又名寿春，是古代楚国的都城，俗称楚地。由于历史的渊源，自古楚地文史厚重，文气张扬，遍地名人，遍地文物。所以，地处楚地的瓦埠，自然是楚韵流芳，有"君子镇"美名。

相传，春秋时期，儒家思想的创始人孔子，曾有嫡传弟子七十二贤士，其中有一位名叫宓子贱的人，由鲁国出使吴国途经瓦埠，旅途劳顿病殁于此，留有宓子墓，建有宓子祠。后人为了纪念宓子贱，称这里为"君子镇"。汉朝时，这里曾是成德县治，是一个县的政治、经济与文化中心。北宋时期，宋太祖赵匡胤的第四个儿子八贤王赵德芳微服私访，来到寿州瓦埠，发现这里人心向善，邻里相亲，路不拾遗，气象万千，临行之际，挥毫题下"君子里"。

由此看来，"君子镇"也好，"君子里"也罢，瓦埠之地能得此名，瓦埠人世世代代能守住此名,善莫大焉!

由于对瓦埠大地心心念念,于是,在2016年金秋的一天,我与文史专家鲍雷、萧寒相约,三人来到了瓦埠古镇。瓦埠镇党委书记朱善敏、镇人大主席叶正放热情地接待了我们。

站在瓦埠湖堤上,湖风习习,波光粼粼,放眼望去,整个湖面宛如一块晶莹剔透的宝石,能照出帆影,照出柳枝,照出浣衣的少女,一派祥和宁静的景象。渔民捞出的瓦埠银鱼,银白色,细长状,全身几乎透明,简直是灵气的聚集,堪称水中精灵。

与朱书记、叶主席一道,我们走进史上闻名的瓦埠老街。老街上的建筑都是青砖砌墙,街道两旁的房舍斑驳陆离,破败不堪,但透过街容街貌,还是能看出当年的风姿。朱书记告诉我说:"别看这些老街老巷,这些古墙里,可砌有不少秦砖汉瓦啊!"鲍雷、萧寒两位专家介绍说,青砖和红砖的硬度差不多,只是烧制工序完成后的冷却方法不同。红砖是自然冷却,简单一些,所以产量高。青砖是用水冷却,不易操作,产量相对较少。从老砖上的图案看,有祥云,有海水,有姜子牙图案,很显然,有不少老砖是先人们从某些城墙、墓葬或祠堂拆下来的,虽然是旧物利用,但具有一定的研究和保护价值。

我们来到抗战名将方振武故居。方将军故居为四合院平房砖瓦结构,房屋木窗木门,白墙黛瓦,内部陈设简陋,干净整洁,是一处普普通通的民宅,如果不是大门两侧牌匾的提示,游人很难会联想到这里曾是一位将军的家园。

朱书记介绍说,方振武将军生于瓦埠镇南街的一个贫农家庭,小时靠在瓦埠码头上卖凉水度日,16岁考入安庆武备学堂,毕业后开始军旅生涯,曾任过军长、省主席,抗日时期与吉鸿昌、冯玉祥组织抗日同盟军,任前敌总司令,后被国民党特务暗杀。为了能使后人凭吊这位抗日将领的英魂,安徽省人民政府在瓦埠镇方氏墓地修建了方将军陵墓,立碑纪念其民族气节。

是的,凡是为国家、为民族做过贡献的人,人民会永远记住他的。

我们一行走在瓦埠老街上,领略到了青砖碎瓦曾经的繁华,也体味到了残垣断壁的那种荒凉。岁月沧桑,历史的脚步走到了今天,必然要经历一种新的转变。

朱书记边走边向我们介绍:"跨湖大桥即将竣工,老街修复正在进行,两三年之后,你们再来瓦埠,看到的必将是一个新瓦埠。"

瓦埠大地及依附其上的楚文化、淮河文化、老街文化、湖文化、码头文化、民俗文化、君子文化等,代表的是整个淮河流域近现代文化及近现代文明,具有重要的研究和发展意义。我们相信,一个全新的瓦埠,就在眼前!

留给现代人的一扇窗
——屯溪老街一瞥

因工作关系,几十年来,本人来黄山无数次了。

来黄山必到屯溪老街。因为,黄山之大,屯溪是落脚的地点。黄山之美,屯溪是鉴美之处。黄山的老物件较多,大都集中展示在屯溪老街上了。屯溪老街是一条新老建筑混合而成的街道,街道两旁一家挨着一家都是传统的徽州古建筑群,当你身临其境,会有一种厚重的历史感扑面而来。走一趟老街,你会觉得自己穿越了一回,满大街都是明清甚至更早的物品。

屯溪老街紧邻新安江,隐藏在黄山市这座新兴的城市之中,给外界一种神秘之感。这不奇怪,古人大都是依水生存,依水发展,水道,就是现如今的高速公路、高铁、机场。在皖南大山绵延的崇山峻岭之中,一条美丽的新安江,就是山里人的图腾。人们从这里走向山外,外面的风从这里吹了进来,山水交融,风华云集,美不胜收。

总体上说,屯溪老街具有宋代的皖南建筑风格,有"宋韵徽风"之誉。老建筑一般临街的店铺为两层或三层,全砖木石结构,徽派的木雕、砖雕、石雕艺术集于一身,能让人领略古徽州大国工匠的鬼斧神工。

屯溪老街有一条直街、三条横街和十八条小巷,纵横交错,形成了鱼骨架状,走进老街深处,恍惚有点迷宫的味道。老街的突出位置,有一座"万粹楼",高达四层,建筑规制是徽派民居风格,有园林、府第、商铺的样式,雕梁画栋,飞檐翘角,蔚为壮观。讲解员介绍,"万粹楼"内陈列着大批文物以及500多件当代名人字画、900方珍贵砚台。尤其是徽州老宅的石雕、木雕、门扇、漏窗等明清建筑构件，琳琅满目。不仅如此，楼中还藏有远古的恐龙化石，汉代的佛像，镏金菩萨，明朝景泰蓝缠枝纹铁缸，嘉靖鱼化龙铸钟，康熙十连屏风木雕，乾隆的大供桌，民国血檀木雕，缂丝宫灯、竹刻、木刻、陶瓷漆沙对联，抱柱联，等等，堪称一座较大的古徽州博物馆。正如有游客留言："万粹楼作为新一代江南名楼，将以她磅礴的气势、恢宏的风姿，与黄鹤楼、岳阳楼、滕王阁一样，万代相传。"

当然，黄山特色在老街上也比较显眼。打头阵的是歙砚，亦称歙州砚，一条街上各式各样的砚台铺，经营文房四宝的店主们早已沿街摆好了笔墨纸砚。歙砚国家级非遗传承人方见尘，是黄山闻名的砚雕大师，他雕刻的砚台价格最高，也最好卖，听砚台店铺的经营者说，每个砚台店都有方见尘的砚台，真假难辨。

我与方见尘兄有多年的老交情，在他工作室谈起这事，他爽朗一笑说："我的砚也好，画也好，人家愿意模仿我的东西，那说明黄山的父老乡亲看得起我。其实，尽管东西不是我的，但徽文化是真真切切的，这何尝不是一种传承啊！"

是呀，艺术无价，艺无定价，艺术品是无法用金钱来衡量的，多少钱是买高了贵了，多少钱是买便宜了？我深深佩服见尘兄的博大胸襟和远见卓识！

再就是黄山本地的茶叶，茶叶铺也是一家连着一家，品牌是黄山毛峰、太平猴魁、祁门红茶，且随意走进老街的一家茶叶店里，一般还都有茶艺表演，无论是老大嫂还是小大姐，都能熟练地洗杯、凉汤、投茶、润茶、冲水、泡茶、奉茶、赏茶、闻茶、品茶、谢茶，有的还会唱茶歌，让你坐下来就舍不得走，走时不买点带回去就觉得过意不去，可见屯溪老街上的商业气息，雅而有香，浓而不腻。

当夜幕降临,古色古香的屯溪老街流光溢彩,摩肩接踵的游客依然川流不息,"万粹楼"里参观的人群熙熙攘攘,各店铺的生意也和白天一样,整个老街充满着喧嚣,一派繁华景象。我突然觉得,屯溪老街是历史留给现代人的一扇窗,透过这扇窗口,今人可以看到古人的身影,他们留下的那些老物件,温度尚存,依然温暖着今人的时光。

柘皋遗梦3000年

我在肥东县工作时,时常与友人一起到附近的柘皋古镇吃早点,因为,柘皋的早点远近闻名,不管是我请人家还是人家请我,其实跑那么远不仅是为了吃早点,还是为了一份情感、一种情怀,享受一种文化盛宴,满足一下猎奇心态。

柘皋是一个具有3000余年历史的江淮名邑,清末曾为安徽三大重镇之一。在漫长的历史长河中,柘皋镇因其得天独厚的地理位置和复杂显要的政史资历,一直是皖中财物聚散的市埠、南北交通商旅的枢纽、江淮军事战略的要地、集聚环巢湖文化底蕴的蓄水池。

物华天宝,人杰地灵。大凡有文化底蕴的地方,历代都是人文荟萃,精英辈出,在历史上留下丰厚的遗产。柘皋当然也是这样,明代有武臣荣禄大夫、沂国公金朝兴等,清代有户部员外郎、刑部郎中汤懋纲,进士杨欲仁等。到了现代,武有北京军区原司令员周衣冰中将,文有著名作家鲁彦周老师,等等。

文学前辈鲁彦周的小说《天云山传奇》,曾获《文艺报》(1977—1980)中篇小说一等奖,据它改编拍摄的同名电影获得了金鸡奖和百花奖,它还被翻译成德文、日文、俄文等在国外出版,拥有大批读者粉丝。鲁彦周老师是文学大师级的人物。至今,《天云山传奇》仍是安徽文学界的一座高山,高山仰止,无人能够超越。鲁彦周的爱人张嘉阿姨及子女,与我多有接触,其儿子鲁书潮、女儿鲁书妮、儿媳王丽萍都是我的好朋友,鲁书潮、王丽萍还指导过我写作,我的第一本书《感受英雄》,就是王丽萍起的书名,鲁书潮编辑的。所以,他家那个叫庙岗的村子,我也多次去拜访过。

柘皋古镇的这个文化定位,可不是空穴来风。自古以来,柘皋就是个古韵丰厚的文化城池,以文面世。春秋时代有个神童名叫项橐,《战国策·秦策》云:"甘罗曰:'项橐七岁为孔子师。'"项橐何许人也?项橐就是柘皋原住民。民间口口传说,孔子南游来到柘皋,看到这里风景如画,物阜人丰,崇文尚学,民风淳厚,于是就住下来讲学传道。但几日之后,他却发现这里的人对他的到来和他的传习并不欢迎,没几天就匆匆离开了。路上,孔子遇到7岁的牧童项橐,上前问道:"日落之前,吾能达居巢城否?"谁知项橐曰:"走得慢,能到;走得快,则不能。"孔子心生不悦,便不再理项橐,而是加快步伐赶路。行至柘皋镇东三板桥村,在经过一座三块木板搭成的木桥时,因车子走得太急,车轮被桥木卡住了,车轴被折断,书简滑落河水之中,弄得孔子师徒十分窘迫。老夫子连连叹曰:"欲速而不达也!"由此可见,当时的柘皋文风昌盛,民间智慧超群。时至今日,人们把孔子当年讲学的地方称为"听书港"。晒书的地方叫作"晒书墩",当地人也叫"孔子台",是为纪念孔圣人到过此地。据说,清代史学家钱泳游历巢县时还曾特意作过考证:"孔子台在巢县西北五十里,土名柘皋。"

一个地方的文化厚重,体现在有文字记载、有名人逸事、有实地佐证上。显然,柘皋诸元素具备。

柘皋的历史文化浩若烟海,现如今只能看到一条横贯西北往东南的河流和两条破败不堪的老街老巷了,北闸老街尽管恢复起来了,但整条街巷空空如也,另一条街巷还没有恢复。也不知道为什么,新时代全国都在打旅游牌,把地域历史文化作为重要资源,打造得轰轰烈烈,让历史名人走进人们的视野,为家乡人民服务。然而,柘皋人为何"抱着金碗不盛饭"?

于是,我以请吃早点的名义,请来了合肥文化名人鲍雷和萧寒两位先生。鲍雷先生是研究人文历史的专家,萧寒先生是研究地域文化的专家,为增加他们的兴奋点,我们边吃早点,边聊柘皋历史名点的前世今生。就说柘皋面皮吧,相传,元朝末年,凤阳人朱元璋带着起义军从定远县南下,一路打来,在柘皋玉栏桥西与桥东的官府军激战数天,一日攻克柘皋河,突然河水陡涨,竟然把从元军处夺来的麦子全浸湿了。尽管赶跑了元军,看着眼前的一大堆浸了水的麦子,性格暴躁的朱元帅还是很生气,扬言要惩罚当地的船工,吓得船工们跪哭求饶。这时候,当地一名姓朱的早点师傅跑来向朱姓本家朱元璋套近乎,说他们的祖上也是濠州的,并且说麦子浸水无妨,可制成点心,晒干当干粮。就这样,朱元璋免除了对船工的处罚。那个柘皋姓朱的早点师傅连夜让船工们帮忙,用石磨把麦子磨成粉,用附近浮槎山上的泉水和成面浆,做成了一片片黄花花、亮晶晶的面皮。船公们为了活命,叫老婆回家把家里的家禽家畜都拉来了,宰掉炖成汤,把面皮放进汤里去,做成了味道鲜美的面皮汤,献给朱元璋和手下的将士们吃。朱元璋品尝后大悦,不仅免除了船工们的罪行,还奖赏了那个姓朱的早点师傅,并挥毫将柘皋河上那座桥命名为"玉栏桥"。自此,柘皋早点的名声传出去了,以至于后来,早点品种逐渐丰富,形成了系列早点类别,已成为柘皋镇的一张金名片了。

萧寒先生曾多次来柘皋考察,他人熟路熟,吃过早点之后,就带着我们来到柘皋的北闸老街,走进天下第一铺——李鸿章当铺。"李鸿章当铺"是民间的通俗叫法,在江淮地区,东到滁州,南到芜湖,北至寿县,西到六安,大小集镇到处都有叫"李鸿章当铺"的地方,试想,李鸿章作为国家大员,他是不可能开当铺的,看来还有为李鸿章"正名"的必要。实际上,柘皋的这个当铺是李鸿章家族的当铺，李鸿章的父亲李文安，也是富甲一方的地主，李家的粮仓、当铺、宅院等等，遍及皖中地区。柘皋当铺兴建于1870年，位于柘皋北闸老街中段，占地约有2000平方米，建筑面积5000多平方米。当铺建筑原为七进式，前两进均为两层，两进之间由串楼相连。临街门楼为三大间，三条建筑轴线，由中通道、侧庭院构成。三座高大的石门门额正中刻有八仙图，雕刻精美，徽派建筑浓味十足。当铺大门两旁造有石凹槽拴马环，是镌凿在房墙里面的，因街道狭窄，无法建拴马桩，这个就起到拴马桩的作用。传说当铺当年生意规模宏大，主要从事典当业务，"公和典"名声远播，鼎盛时期每天接待上千客人。营业范围除了柘皋地区外，还涉及合肥、定远、凤阳、嘉山（今明光）、全椒等地，收入颇丰。到了民国以后，随着李鸿章家族的逐渐衰败，其当铺生意也日益衰落，终为人们的一个时代记忆。

穿梭在当铺偌大的房间里，我突然觉得，这是一片不可多得的古建筑群，面积这么大，可以说规模恢宏，建筑这么美，可以说美轮美奂。有人说，建筑是凝固的音乐，是无声的历史，是人类文明的重要载体。身临其境，我要大声说，古建筑是一个时代历史的缩影，是古老而珍贵的旅游资源，是一笔巨大的人间珍宝，是传统文化的无声课堂！

鲍雷、萧寒两位先生也与我感同身受。在"李鸿章当铺"里，两位先生共同提议：可以在柘皋老街办一个民俗博物馆，贮存民间记忆，显示民间智慧，传承传统风尚，弘扬民俗文化，让老街成为民俗街、文物街、文化街，让游人感受独特的文化风情。

这与我的想法是不谋而合的。多年来，我在研究民俗事象的同时，从全省各地收集了一些民俗类的老物件，这些带有历史记忆的老物件，一个时期以来，已到了濒临毁坏的境地。收集也是抢救，馆藏更是保护，如果能够在具有几千年历史的古镇上开办一个民俗类的博物馆，让民俗物件走近人民大众,让老街焕发生机活力,让游人接受优秀传统文化教育,这是多么有意义的一件事情啊!说干就干,雷厉风行。于是乎,我们一行急急忙忙地走进了柘皋镇人民政府,向镇领导陈述我们的这一设想。

镇领导也在规划北闸老街的恢复建设问题,他们对建设民俗博物馆、增加老街的文化内涵是高度认同的,并派人员与我们一道,对老街房舍进行了细致勘察。最后,选定与李鸿章当铺一墙之隔的五进式"老瓷器店",作为与我们合作创办民俗博物馆的场所。但镇里提出的条件是,设计方案要经过巢湖市有关部门的评审,藏品要经过巢湖市文物管理所请专家鉴定。说实在的,民俗类老物件带着时代的印记,如果说它们是所谓的"文物",那一点儿也没有问题。但如果要让博物馆的专家来搞所谓的"文物鉴定",那根本就是风马牛不相及了!

鲍雷先生的夫人是安徽建筑大学的老师,姓王,是一位热情奔放的女性。我们把王老师请来,就在"老瓷器店"创办民俗博物馆的设想向她进行了讲解,请她为我们设计规划。王老师是位热心肠,这不仅是为她老公鲍雷先生干活,更为重要的,她有传统文化情结,因为她是安徽建筑大学的老师,肩负着弘扬优秀传统文化的重任。王老师实地考察之后,很快就带着她的学生前来进行仔细测量设计了。

然而,天有不测风云。就在王老师的设计方案就要出台的时候,王老师被查出身患大病,竟一病不起,终不治去世。"出师未捷身先死,长使英雄泪满襟。"王老师突然辞世,我们不忍心去翻看她及她指导学生精心设计的规划方案了。加之我们的民俗藏品始终"通不过"文物专家鉴定,在柘皋老街办民俗文化类博物馆的设想,最终化为泡影。

一晃又是几年过去了,也是到柘皋老街去吃早点,也是我们几个"有想法"的人,吃过早点也是到北闸老街"故地重游"。我们走过马头墙和石板巷,却发现柘皋进行的老街开发,依然故我,整条老街没有多少生气,也没有看到游人，只看到"李鸿章当铺"墙外的石凹槽拴马环上，不知哪位游客系了一条洁白的布条，在随风飘着，似乎是在向游人，诉说着昔日的辉煌与悲壮，诉说着今日的无奈与彷徨……

和悦之洲

在长江铜陵段有个江心洲,名曰"和悦洲"。我来到后发现,这里与其他江心洲的不同之处,是老街老巷众多,且规模宏大。这里的房屋虽然破败不堪,但身临其境,还是能感受到一种气势恢宏,足以让人有强烈的震撼之感。于是,我顺着古老街巷,开始了一番探古寻幽。

同行的当地文友翟光耀介绍,和悦洲所在的大通古镇是第六批"中国历史文化名镇"之一,这里曾经是重要的通商口岸,同时也是一处军事要地,和悦洲的一草一木,说起来都与史上的大将军彭玉麟有关。彭玉麟,清朝著名政治家、军事家,与曾国藩、左宗棠并称大清国三杰,与曾国藩、左宗棠、胡林翼、李鸿章一道,被誉为中兴名臣。想当年,身为水师提督的彭玉麟率部驻扎在和悦洲,当时这个洲子的名字叫"荷叶洲",因形状酷似荷叶而得名。

长江是黄金水道,狭小的洲子寸土寸金,洲子上的居民常常为争夺土地归属发生冲突,相互诉讼,矛盾尖锐,日久成仇。在此操练水军的彭玉麟,经常听到居民的谩骂声,看到械斗的场面,多有死伤,成为一方不幸。于是,彭大将军就主动做一些调解工作,并改"荷叶洲"为"和悦洲",意谓乡里乡亲要和睦相处。据说,洲子改名之后,居民们对彭将军的善行都非常感动,纷纷自我反省,自改毛病,见面总是笑脸相迎,注重礼貌待人、理性处事,军民同舟共济,弹丸之地处处回荡着欢声笑语,并逐步繁荣兴旺起来了。

地处黄金水道,自然是物华天宝,至民国初年,这里具有"小上海"之称,穿江而行的商贾贤达多在此登洲休憩,引来了全国各地的戏班前来献艺,一时间名流云集,享誉海内外。据历史记载,和悦洲鼎盛时期,小洲上居民有七万之众。和悦洲,祥和之洲,悦人之洲。这么个吉祥的名字,一直沿用至今。洲上太多的风雅故事,也一直流传至今。

洲子上的原住民世代相传,这位具有"雪帅"之称的彭大将军,有天早上在和悦洲的小巷子里散步,正巧有一女子在用竹竿晾晒衣服,手里的竹竿不小心掉了下来,不偏不倚砸在了彭玉麟的头上,彭玉麟大怒,于是就大声呵斥对方。洲子的上人哪有不认得彭大将军的?那女子一看是位高权重的彭大将军、彭老爷,内心就非常害怕,她急中生智,连忙说:"你这个人看起来就是行伍出身,说话这么难听,你可知道我们彭大人为人清廉、彬彬有礼,如果我去告诉彭老爷,他老人家会惩罚你的!"彭玉麟摸了摸自己的头,苦笑着离开了。

还说这位叱咤风云、文武兼修的大将军,他于军务暇余,吟诗赋词,工于画作,尤以梅花传世。他的《彭刚直诗集》共有八卷之多,收录诗作达500余首,成为封建社会为官为文者的一个范例。彭大将军作为一介武官,在风云激荡的战争岁月里,能守住文化人的初心,着实难能可贵了。为文者总是喜欢咬文嚼字、舞文弄墨的,亦如欧阳修写《醉翁亭记》、崔颢题《登黄鹤楼》一样,彭玉麟在和悦洲也留有不少风雅之事,他给小街小巷起的名字,彰显着他的文人气息。

旧时的和悦洲上茅草屋较多,相互毗连,时常发生火灾,居民甚是忧虑。彭玉麟便将三条主街上的十条巷子均以三点水旁的江、汉、澄、清、浩、泳、潆、洄、汇、洙等字命名,寓意以水克火,消灾祈福,福泽黎民。果不其然,自从有了这些带三点水的街名巷号,和悦洲上多年没发生火灾,火魔王硬生生地被彭大将军"镇"住了。世上很多事情,就是这么不可思议,迷信也罢,偶然也罢,巧合也罢,反正,出现了预想的结果,老百姓就信服。后人依其例,对续建的三个街巷也以河、洛、沧命名。小小和悦洲,从此正式形成"三街十三巷"的徽派建筑群,犹如海市蜃楼,逶迤于江水之间。我眼前的这些残垣断壁,恰是"三街十三巷"的原有格局。

文友翟光耀介绍说,和悦洲上的"三街十三巷",曾是那样精美,布局精巧,建筑精致,市井喧嚣,百业俱旺,繁华异常。如果不是抗日战争时期小日本的狂轰滥炸,"三街十三巷"全部毁于战火,当今的这里一定是像浙江乌镇一样,成为一处重要的旅游胜地。日本人的罪恶,写满了华夏大地,恶贯满盈,罄竹难书!倘徉在形同废墟的老街巷间,我有点伤感和悲愤,这里曾经的轰轰烈烈,只能成为一段凄美的回忆,或传说,或故事,都交与了历史,任后人评说。好在历经沧桑的和悦老街"韵味"犹在,容貌仍存,细细品味,温馨依旧。

在二道街巷的一个路口附近,我无意中看到了黄复彩先生的故居,一处破旧的房舍,这里已没人居住了。黄复彩是著名作家,他作为和悦洲的孩子,这里是他的生命源头与儿时天堂。他曾在一篇文章里描述:"和悦洲是我一睁开眼就看到的世界,我在和悦洲度过了大半个童年时光。"灵水宝地,滋润了黄复彩的童年,更润泽了大作家的才气。滔滔江水,奔腾不息。黄作家的思绪也像这东流的江水一样,不舍昼夜,日月凌空。

就在我们与黄复彩旧居进行"对话"的当儿,一条长长的青花蛇游走在我们面前,高高地昂起头,伸着红红的芯子,似乎在与我们热情地打着招呼。我们一点儿也没有慌张,纷纷拿出手机,拍下了这条蛇的身影。到过和悦洲的人都知道,蛇是洲上居民的朋友,长年累月,蛇与人和谐共生,人不打蛇,蛇不咬人,互不惊扰,冥冥之中似有约定。

和悦洲,已被列为省级历史文化保护区,作为"历史遗址公园"在进行修缮建设,它一头连接旧时光,一头对接新时代。我相信,再现昔日的繁荣与辉煌,想必不是遥远的梦。

查济——一座露天博物馆

从 20 世纪八九十年代开始,我因工作关系,到泾县去过多次。确切地说,去泾县一般是到新四军原驻扎地云岭,参观新四军旧址,如军部大礼堂及领导人办公住宿所在地,学习和弘扬铁军精神。

然而,每次去新四军军部旧址,都要路过一个古村落——查济。这个具有明清风格的千年古村落,位于泾县、太平(今黄山区)、青阳三县交界处,"桃花潭水深千尺,不及汪伦送我情"的著名桃花潭景区近在咫尺。

进入查济就会感觉到,这根本就不是一个村庄,一座座小桥、潺潺的流水、鳞次栉比的古民居、错落有致的马头墙、曲径通幽的小街巷、庄严肃穆的老祠堂、生意兴隆的老店铺、随处可见的老物件,俨然像古城堡一样,摄人心魄,让人流连忘返。徜徉其中,大有穿越之感。

查琴是查济村的姑娘,在查济景区担任解说员,同时她也研究查济的历史人文及风土人情。从她的口中得知,马头墙是古徽州建筑的一大特色,是徽派建筑的标配,人们往往是一看到马头墙,就知道来到江南徽州了。马头墙是因形而名,墙头的翘檐形似昂首的马头,故曰"马头墙"。其作用不仅是外形的装饰,实质是防火用的,所以也叫风火墙、封火墙、隔火墙、防火墙,一眼望去,似万马奔腾,寓意是整个家族兴旺发达,一派生机勃勃。

风水是古人智慧,凡事讲究风水格局,寄托的是一种美好愿望和希冀。

查济村落中有一条河流,村落是依河而建,可以说,这条河流是查济的风水河,居民依河流而建房居住,店铺也是依河流而开张兴业,久而久之,河流两岸形成了两条街道,自古游人如织,话语相闻。尤其是在夜晚,两岸灯火辉煌,琴声悠扬,美如仙境。

有河就有桥。据《泾县志》记载,查济村原有108座桥梁,时至今日,现尚留存有古桥梁40余座。一个村落有40余座古桥梁,在这史上繁华的地方,想必每座桥都有故事,有男人的故事,有女人的故事,有男欢女爱的故事。所以,查济的桥,已沉淀成为一种皖南的桥梁文化。

其实,从一个民俗爱好者的角度,我感到查济这个古村落,就是一座明清博物馆。比如说,这里拥有目前保存较为完整的古建筑群,明清古民居建筑群就坐落在流水潺潺的查济河两岸,绵延10余里,现存的古代建筑有祠堂30座,庙宇4座,明代建筑80处,清代建筑109处。不远处的新四军军部大礼堂旧址所在地,就是一座老祠堂"陈氏宗祠",它和桃花潭景区里的"翟氏宗祠",都是保存完好、原汁原味的古建筑精品。

在查济,石雕、砖雕、木雕"三雕"元素随处可见,"徽州三雕"名扬海内外,在这里得到完整的体现。位于查济村中水郎巷的元代建造的"德公厅屋",是一座三层门楼,厅内前檐较低,檐柱据说是楠木材质,粗矮浑圆,柱础为覆盘式,虽无雕琢,却古味十足。还有明代的"诵清堂""进士门",无不雕刻细腻,上面雕刻的二龙戏珠、丹凤朝阳、鱼跃龙门、狮子滚绣球等吉祥图案,手法娴熟精美,结构精致,处处彰显工匠精神和文化底蕴。现如今,这些都成了这座"明清博物馆"里的珍贵藏品了。这些露天的藏品,都是国之瑰宝、人间精灵。

在我国历史上,老百姓最本质的信仰是对祖先神灵的崇拜,一个村落,一个家族,必然有他们的祠堂,祠堂是安放祖宗灵魂的地方,古典而悠久的民间祭祀活动,历经数千年而不绝。查济之所以祠堂众多,是因为当地查姓人群非常庞大,据说在极盛的明末清初,号称有10万人之巨。查姓人从1300余年前开始在这里繁衍生息,支系丛生,一旦某一支系因科考中举、进士及第、做官、封诰、做生意发财等等,一朝发达了,后人就会建祠堂以示光宗耀祖、鞭策子孙。

查琴姑娘很兴奋地给我讲解道,史载,宋末元初的查济人查郁,因其人缘好,人财均异常繁茂,开始开基立业,建宗祠、修宗谱、帮宗家,规模宏大,名声远播。后其曾孙查桂申更为发达,生6个儿子,名曰查恩源、查图源、查宝源、查洪源、查珍源、查栗源,弟兄6人个个发迹,人丁兴旺,事业飞黄腾达。他们的后辈就在明宣德年间各建大祠堂一座,一共修建了6座祠堂,每座均具有自己的特色:有的气势恢宏,豪放粗犷;有的淡雅而富有诗意,精雕细琢;有的见砖不见木,见木不见砖,技艺精湛绝伦……6座祠堂遥相呼应,风水贯通,高山流水,源远流长,一时间世人瞩目。

进入明末清初时,查济人的官宦生涯达到了鼎盛时期,一门六进士、三进士、兄弟进士、文武进士、文武举人比比皆是,翰林、京官、封疆大员、知府、知州、知县等官职不绝于政坛。查琴无比自豪地讲解道,远的不说,仅明清两个朝代,查济七品以上的官员就达129人之多,他们发迹后,首先要做的便是衣锦还乡,建祠立堂,光宗耀祖,史上留芳。

史上查济村的繁华,官僚阶层固然是重要的推手,与之相提并论的,当然还有大量商贾。明清时期,查济人在外做生意的较多,在徽商群体里,不乏富商巨贾,且以儒商居多,当官为上,经商其次。但不管是为官为商,古徽州人的特点是与书为伴,"穷不丢猪,富不丢书",干啥都不忘读书做学问,学习是终生的追求,也是族规家法,不识字的从不被人看起。所以,查济官风、商风、文风盛极一时,影响深远。

当然,在观摩这座露天的"明清博物馆"时,我也真切地看到,这里如今处处充斥着商业气息,有的商业味过于浓烈了,让人有种种不适应之感。

尤其是一些老院落,被冠以"某某工作室""某某书画室"等,铭牌下还有明码标价的所谓"润格"多少多少,这种赤裸裸的商业操作,实在与查济的历史文化不相匹配。进入这些老院落,让人更加惊讶的是,其内部装修极其豪华,有的有中央空调,有地暖,有现代家具,有智能家电,一应俱全。呜呼,这不是在破坏查济的古建筑吗?!

在此还是要大声呼吁:千年古村落是国宝,我们要认真保护,不可过度开发!

行走在查济,这里的每一栋房屋,每一个角落,甚至一砖一瓦,都积淀有历史,积淀有文化,积淀有故事,浸透了古朴典雅,给人以太多的想象和憧憬。

静观亳州花戏楼

花戏楼是亳州的一个重要景点,我小时候经常去,记忆里有点像赶庙会,那里人很多,卖东西的也很多,周围都是摆地摊的,热闹非凡,十分繁华。但在我的印象中,好像花戏楼上没有唱过戏,名不符实。记得在过去,到花戏楼去玩,可以跑到戏台子上玩耍打闹,后来保护起来了,游人不让上戏台子上了,只能仰头观望,放飞想象。

再后来,我每次到亳州,还是要到花戏楼看看。当然不是去听戏什么的,除了个人的怀旧情绪外,大多是陪人去参观,上下看看,里面瞧瞧,拍照留念,来宾对精美的古代砖雕艺术赞叹一番。然后,打道回府,不亦乐乎。

就这样反反复复去的次数多了,我就开始关注这座戏楼的前世今生了,从一个景点的概念,引申到了文化的内涵。据介绍,这座被称为雕刻彩绘宝库的戏楼,想当年是晋商在亳州的集聚地,有会馆的性质。明清时期,亳州凭借涡河水系较为发达,一跃成为大中原上一个重要的商埠,素有"小南京"之称。为什么称"小南京"而不叫"小上海"?因为这里发迹较早,明代就热闹起来了。在明代,南京是其都城之一,上海与南京相比,还是个小地方。

清朝初期,花戏楼是在亳州的晋、陕商人建造的"山陕会馆",晋商商帮当时全国闻名,在全国各大商埠都有晋商的"分公司"。亳州的这个会馆内,修建有一座雕刻华美的戏台,会馆呈四合院形式,一楼二楼的客商,可以坐在走廊里边喝茶饮酒,边听戏娱乐,有现代"包厢"的意思。故而,当地人称之为花戏楼。

　　古时候的花戏楼这个地方,自然是要唱大戏的,那时人们的娱乐活动比较单调,听戏是最主要的娱乐形式了,有舞台的叫唱大戏,没舞台的叫听小戏,国人对听戏情有独钟。可以想象,当年的花戏楼就像现如今高级别的影剧院,肯定不是靠卖票经营,能在"山陕会馆"聚会的客商,大都是商贾富豪,听戏也是会员制,办有"山陕会馆"的"会员卡"。这样的高级会所,听戏只是一种服务,谈生意交友"一条龙","吃喝住玩"全配套,赏花楼,喝花酒,是一个多功能场所,花花世界,名副其实的"富人区"。

　　晋商作为中国历史上的"三大商帮"之一,其发迹及规模甚至早于且大于徽商、粤商,更是后起的浙商、闽商所不能及的,晋商发展到清代,已成为国内势力最雄厚的商帮了。所以,晋商在我国有着较大的影响力,他们以经营盐业、票号等商业为主,尤其以票号最为出名。在亳州,除了这座气势恢宏的花戏楼外,还有晋商留下的钱庄、当铺等建筑遗产,以至于坊间传说"家有万两银,不如钱庄上有个人""当官入了阁,不如票号上当了客"。

　　流连在花戏楼,一般都会注意观察其砖雕及所雕刻的内容,静观戏楼和大殿脊顶上的琉璃翘翼,形似飞天的大鸟,傲视苍穹,给人以无限的想象。门楼上的块块砖雕,神来之手的精雕细琢,雕刻的大都是三国等传统戏剧人物,画面中有人物、车马、城池、山峦、鸟兽、楼台、亭榭、花卉等,从近景到远景,手法厚重,意深境幽,一幕一幕,栩栩如生,在方寸之间得以灵动和升华,令人产生精妙无比的美感。

　　"藻饰歌台风古今,唤醒多少古今人?"镶于戏台大柱外檐的木雕楹联,富有层次,立体感强,场面宏大,刀法细腻,惟妙惟肖,被称为木雕中的神品。再看戏楼柱间的外檐和悬坊之间的戏文木雕,更是色彩灵动,人物形象逼真,场景令人惊艳。

山河不老，风月常新。身临其中，似乎听到了"咿咿呀呀"的唱腔和满院里回荡的叫好声，让人感到昔日的笙歌、锣鼓、唱腔、呐喊，萦绕耳间，清晰可见，并未远逝。

厚岸之"厚"

这天,雨后天晴,泾川大地显得格外的清爽,天空蔚蓝,犹如海洋一般。白云似一群群绵羊,悠然从身边飘过。放眼望去,丛林碧绿,鲜花芬芳,粉墙黛瓦,山峦叠嶂,怎么看都是一幅优美的风景画。一个叫厚岸的古村落,就是这幅山水画卷里的一个亮点。

记不清我是多少次走进这个地处大山深处的小山村了,只记得刚开始到这个村子,是参观王稼祥故居,拜谒王稼祥纪念馆。大家都知道,王稼祥,中国共产党党史上一个响当当的名字,伟大的无产阶级革命家,中国共产党和中国人民解放军卓越的领导人之一。生于斯长于斯的大人物,注定要为这个寂寞的小山村,带来唢呐声声、鞭炮阵阵,注入驰名中外的因子,张开双臂,笑迎天下宾朋。

就是因为来这里的次数多了,我突然对"厚岸"这个地名产生了浓厚的兴趣。人世间谓之"厚"者,丰厚、忠厚、敦厚、厚重,厚德载物、天高地厚、情深义厚、厚积薄发,等等,都有积累高深、修养深厚之寓意。地名是一种文化内涵,古人能够把高大上的"厚"字冠以这个村的村名,想必在这个村庄的历史上,有过一番不平凡的景象。

厚岸位于泾县县城的西南隅,四周环山,山上有瀑布、有神仙洞,也有奇珍异宝,古木参天。山脚下溪流潺潺,山野鲜花烂漫,溪水里鱼儿翩翩,一派风光旖旎,满眼皆景,移步换景,美不胜收,令人流连忘返。这么个风水宝地,肯定也是文化厚重之地。据《泾县志》载,唐代大诗人李白在此地的碧山游览后,挥笔写下了"问余何意栖碧山,笑而不答心自闲。桃花流水杳然去,别有天地非人间"的千古诗篇。

厚岸村离著名的桃花潭仅20公里,且有青弋江、幕溪河相流通,可以想象,当年李白在这一带交往的朋友,不可能就"不及汪伦送我情"中的汪伦一人。汪伦是一名县令,李白一生乐朋好友,既交往高官贵族,但更多的是交往文人雅士,他写给碧山当地友人查师模的诗:"二人对酌山花开,一杯复杯尽开怀。我醉欲眠君莫笑,明朝有意抱琴来。"不难读出,此诗其情其意,亲热熟稔,如若与《赠汪伦》一诗相比,恐怕一点儿也不逊色啊!陪同的当地文化名人陶峰先生介绍说,厚岸老街已有千余年的历史了,现存世的民居、作坊、店铺等单体建筑200多座,其中明代的单体建筑就多达47处,这在全省的古村落来说,也是不多见的。这一点,给我留下了深刻的印象。

我在厚岸老街上看到,一排排的青砖黛瓦马头墙斑驳陆离,有的已是残垣断壁,成为一段历史的绝唱;有些还有人家居住,屋子里面流传出了欢声笑语,穿透历史的时空维度,变成了美妙的音符,形成了优美的时代的旋律。

老街上的王氏宗祠和东台书院,算是两个较有规模的古建筑了,是这个老街凝结厚重人文的物化见证。两处老屋毗邻而居,到现场可以看到,王氏宗祠虽然风雨破败,但风骨犹存,如一位上了年岁的绝代佳人,举手投足间,掩饰不住其内在的端庄优雅,让人能够感受到其浓烈的文化氤氲。东台书院里新盖了一栋"晨曦楼",已成为当地群众文化娱乐的场所,古老书韵依然浸染着这方厚土。王氏宗祠里摆放有历代的《王氏宗谱》,记录着王氏家族的历史变迁。南宋理宗时期,王氏十一世祖千九公,携带一尊先人留下的金鼎,迁徙至厚岸居住了下来。九千公为何迁此定居,后人猜测肯定是看上了这方风水。这尊金鼎乃皇上御赐之物,故厚岸王姓有"金鼎王家"之称谓。王氏家族在厚岸繁衍生息,至明清时期,建成了有两里长的主街道,街道两边是"前铺后院""前店后坊"的传统商住屋宇,粉墙黛瓦,鳞次栉比,商贾云集,贸易兴隆。可见,这么一个名门望族,耕读传家,名人辈出,代有传承,各领风骚,受世人所爱戴,被世人所景仰,这里面恐怕少不了传统文化的厚重力量。

  文化是根脉,也是魂魄。古代文化的传播离不开书院,书院相当于今天的高等学府,厚岸老街也是这样,现存的东台书院,史上培养了不少名人,王稼祥就启蒙于此。那时,王稼祥的家境比较殷实,爷爷王检候是一位精明的布匹商,不仅在本地经营,还走村串巷四处叫卖,积累了一些家业。父亲王承祖开有油坊和杂货店,每天多少都有些进账。所以,王稼祥得以较早地接受传统文化教育。现在的王稼祥故居,就是一座保存较好的清代民居,虽然是"两进"的规制,规模不大,也不奢华,但对于大山沟里的人家来说,是可以看出其富裕程度的。

  这个老街所承载的文化意蕴,还体现在与之关联的物体名称上,比如,厚岸村的进出大门叫"通德门",修建于清乾隆年间,是一座高达7米的2层门楼,取"通达道德"之意。还有"聚星桥",夜晚站立桥头,可以看到河水里繁星点点,似人头攒动,星光灿烂,充满了文气。1925年的一个冬夜,正值青春年少的王稼祥,走出"通德门",迈过"聚星桥",悄悄与母亲辞别,从此走上了革命道路。厚岸之"厚",名不虚传。

时光里的白马驿

近日,听闻白马驿古镇拔地而起两栋十多层高的地标性建筑,小城镇发展欣欣向荣。欣喜之余,内心又禁不住有点诧异:这还是我脑海中的白马古驿吗?

50年前,那时候我七八岁,正值中秋佳节,母亲带着我到白马驿走亲戚。此时的白马驿分老街和新街,新街有省道连通,街道骑马路而建,政府机关都建在新街,与普通集镇无异。而老街与新街还有一段路程,其实就是一个古村落。与一般村落不同的是,居民房舍是连成排的,成街巷状。四周是护城河,河水清澈,能看到游鱼,护城河两岸,大树高耸,身临其境,确实有种静谧、肃穆、世外桃源之感。

这个古驿地处豫皖两省交界处,史上因唐宋时代就在此设立车马驿站,而驿马又皆为白马,故而得此地名。据说,兵荒马乱时,这里骑白马的将军比比皆是。抗战时期,新四军著名将领彭雪枫曾率部在此整训,摆下了痛杀日寇的战场,所以,这里又是革命老区。

那天,我与母亲走到白马驿时,已是午饭时间,亲戚家是白马驿古镇上的大户,因是过节,众客人云集,院子里一下子摆了好几桌。中原大地民风淳朴,却也不失彪悍,喝酒时猜拳行令,满村一片喧哗:"哥俩好呀,三只羊呀,四季来财,五魁首呀,六六大顺,七仙女呀,八匹马呀,九九归一,十全十美……"巷陌风云,热闹非凡。

吃完午饭,亲戚很是热情,不让我们走了,让我们留宿在他家。

夜宿老街,护城河岸边秋高气爽,能够清晰地听到流水潺潺,青蛙的叫声此起彼伏,也伴随有蝉鸣,萦绕于耳。中秋夜,着实是充满了诗情画意。一天虽然很累,但一点困意也没有,于是,我就缠着亲戚家的长辈讲述白马驿的故事。

亲戚讲述,宋与大辽打仗时,因白马驿离都城开封不远,是输送辎重重地,昼夜车水马龙,一时间,成为兵家必争之地。古驿人为了自保,就修建了后来的护城河。护城河挖得深深的,四周是河水,就设置了一个木吊桥,白天,吊桥放下,供人出行;夜晚,吊桥收起,有专人值更。

亲戚讲述,包龙图下陈州时,怕奸臣知晓他的行踪,就绕道白马驿,神不知鬼不觉,自南而北,突然出现在陈州府,打开粮仓,开仓放粮,救了一方百姓。同时,又以迅雷不及掩耳之势,缉拿了"米里掺沙害百姓的"国舅爷,青史留名,传颂至今。

亲戚讲述,想当年刘邓大军挥师挺进大别山时,大部队曾在白马驿宿营,秋毫无犯,鱼水情深。翌日,大军开拔时,把老百姓的庭院都打扫得干干净净的,家里的水缸里挑满了水,还把军粮留给没有饭吃的村民……

我听得入了迷,听着听着,就迷迷糊糊地睡着了。

"关门了,闭户了,平安无事了——"半夜三更的,更夫的梆子声、吆喝声划破夜空。

"刚出锅的热馍——刚出锅的热馍——"天刚麻麻亮,我就被这接二连三的叫卖声吵醒了。卖大馍者挑着馍筐,边走边吆喝,声调悠悠,抑扬顿挫,婉转动听,一下子,似乎让人看到了古驿的魂魄,太阳公公还没有出来,古村落已彰显出了生机勃勃。

"送水了——送水了——"两个"挑水夫"开始挨家挨户送水了。亲戚家引导"挑水夫"把一担水倒进了水缸里,并随手给了"挑水夫"一毛钱,"挑水夫"哼着小曲儿,快快乐乐地走了。老街上就一口水井,不是每家都有劳力能够打水担水,"挑水夫"的两条腿,就如同现如今的自来水水管一样,"流"向各家各户,自是老街一景。

"收肥料了——收肥料了——"只见拉着粪车的老汉,开始挨家挨户收马桶。老街拥挤,户户相连,与其他地方所不同的是,这里家家没有厕所,一家一只马桶,马桶上有盖子,没有气味溢出。一般一只马桶用一天时间,有专门的人收送。收送马桶是不给"拉粪工"工钱的,因为肥料可以兑换"工分",相当于付了报酬了。久久成俗,外人对此可能感到不习惯,老街人世代如此,却早已习以为常了。

亲戚双手拎着四个开水瓶,去附近的茶馆里接开水,一瓶开水一分钱,打四瓶开水够家人一天使用了,确实方便。

吃早饭了,亲戚家从街上买来了油条、烧饼、丸子汤,油条两分钱一根,炸得淡黄而透明,又粗又大;烧饼两分钱一个,像大人的鞋底那么大,厚实;丸子汤三分钱一大碗,绿豆面丸子,丸子汤里放有红红的辣椒油,十分诱人。一人一碗丸子汤、一个烧饼、一根油条,吃得饱饱的。

我哪见过这场面啊!心想,老街的人真有福,生活在这里,真好!

后来,我长大后当兵去了,在部队生活几十年,一直没有机会再到白马驿。但我心心念念的,还是老街上的烟火气息。再后来,听说白马镇发展较快,新街老街连成了一体,盖起了一片片的楼房,建筑垃圾把护城河全填满了,老街上的连排房屋也拆掉了,过去的模样一点儿也看不到了。尤其是近几年,白马驿的老亲戚们多次来合肥,都给我介绍说,现如今的白马镇,多业并举,繁华富足,已是一个具有现代化气息的小城镇了。

我虽然没到白马古驿再看看,但听了亲戚们的介绍,也甚感欣慰。当然,作为一个热爱民俗、研究民俗者,说真的,虽然50年过去了,但古驿上的打更声、叫卖声、挑夫的身影、茶馆里的情形以及记忆中的生活图景,时常萦绕在耳畔,出现在脑海中,回味无穷……

江淮览胜

长江、淮河,黄山、大别山、皖南山区、淮北平原……江淮大地,文史厚重,物华天宝,人杰地灵。

一方水土养一方人。生于斯,长于斯,工作于斯,生活于斯,发自内心地说一句:幸哉!快哉!

谁人不说江淮好?江淮风光日月长。大自然是很奇妙的,以自然之道,养万物之生,涵养着这块土地,让自然万物充满灵性。我们也是大自然的一分子,所以,要敬畏大自然,保护大自然,时刻维护好自己的家园!

一代人有一代人的责任,一代人有一代人的使命。老祖宗留下来的事象,我们要守护好;老祖宗传下来的东西,我们要传承好;老祖宗的优秀传统文化,我们要守正创新,不断发扬光大!

春风摇曳杏花村

时光进入辛丑年的大年初六,沐浴着春风,我与友人走进了晚唐诗人杜牧笔下的杏花村,赏江南美景,品杜牧人生。

这天,阳光明媚,风和日丽。一走进偌大的园林,看到梅花与桃花竞放,杏花的花骨朵业已饱含激情,正待时机。此情此景,是江淮地区正月里少有的景色。漫步其中,人似乎有到了"烟花三月"的感慨,温馨而雅致。

说真的,我们来杏花村,不是踏春赏花而来,是奔着杜牧的诗来的。

"清明时节雨纷纷,路上行人欲断魂。借问酒家何处有?牧童遥指杏花村。"置身于杏花村园区,我心里不由得默默背诵起杜牧的这首《清明》,体会着杜牧的诗意背景和历史情怀,想象着当年的杏花村是何光景。杜牧写这首诗时,正值在池州刺史的任上,他是地方行政长官,又是那个时期诗坛上独树一帜的杰出诗人,文名显赫,所以,他对清明时节的氛围把握,是那样恰如其分。同时也可以看出,在其光鲜的外表下,想必这首诗的诗情里浸透着他对封建官场的悲观,也充斥着对人生的彷徨。

翻开历史华章,时光定格在公元844年,杜牧提前结束黄州任期赴任池州州官。我不知道当时的黄州与池州哪个地方更重要,哪个地方更富庶,哪个地方更受朝廷的重视,调任池州是重用还是流放,是得意还是失意,是人生高潮还是走进低谷。但从史料上看,杜牧任职池州期间,他还是很尽职尽心的,尤其是他题诗杏花村,修建翠微亭,留下了几十篇珍贵的诗文,以及许多美丽动人的故事传说,都让他像古代的大多士大夫一样,名垂青史,光鲜亮丽。人过留名,雁过留声。古代官吏历来是重视"身后名"的,杜牧当然也是如此,他主政池州期间,其政绩、诗文、书法、爱恋、情怀,一切一切,都给古老的池州大地平添了深厚的文脉,让后人追随着他的脚印。

应当说,池州杏花村的名声以及依附在杏花村上的历史文化,都是杜牧"身后名"的遗产,厚重而深沉。

杏花村景区一个重要的看点,就是"牧之楼"了。这栋楼宇富有江南建筑的特色,绿荫掩红,楼台亭榭,飞檐翘角,外观与园区景色浑然一体,相得益彰,蔚为大观。"牧之楼"前面的一处雕塑,一官人上前与牧童搭话,牧童骑在水牛背上,头戴斗笠,手指远方,再现了"借问酒家何处有?牧童遥指杏花村"的情景,把杜牧《清明》诗的诗意,刻画得惟妙惟肖。

走进"牧之楼",随着讲解员的导引,我们才知道馆藏文化的博大精深。这里陈列了杜牧在池州,在杏花村,在洛阳,在其他各地,一生的足迹以及他留下的一些政绩、诗词、故事、野史等等,俨然是一个专业纪念馆,让人从这里穿越千年时光,与杜牧对话,与古人畅谈,谈诗文、谈政治、谈历史、谈人生、谈爱恋……

"牧之楼"里的讲解员特别给我们讲解说,这里陈列着杜牧唯一存世的行书作品《张好好诗并序》的复制品,真迹现保存在北京故宫博物院,成为研究杜牧的一件重要实物档案。史料记载,杜牧在临终之前,把其一生的作品都付之一炬,唯独留下这一幅书法真迹,其珍贵程度可见一斑。

讲解员的这个说辞当然是无法考证真伪的,听听而已,不必探究。不过,令我不解的是,杜牧为何独留一爱?讲解员说,这当然与《张好好诗并序》作品本身有关了。

这幅《张好好诗并序》,自然是写给张好好其人的。张好好者,何许人也?一个民间女子,有何德何能,能够被大诗人青睐一生?民间传说,某年某月,杜牧在一个风月场合认识了歌女张好好,这女子芳龄恰好,容貌姣丽,能歌善舞,颇有灵性。杜牧作为文人骚客,对其是一见倾心,相见恨晚,两情相悦,无话不谈。只是可惜,张好好已为人妇。杜牧堂堂士大夫,他再相中了张好好,也要遵从社会规则,不能霸占人妻啊!然而,自此以后,重情重义的杜老夫子却掉落到了情网里,犹如年少时的初恋,内心深处情愫独倾,一直暗恋着这个张好好,昼思夜想,好不懊丧。时间愈久,思念愈深,以至于他不与家眷同衾,形同槁木。

或许是天意弄人,时光离去长达五年之后,张好好被抛弃,流落洛阳街头当垆卖酒,与杜牧偶然相遇,两人真可谓百感交集,烈火激情。杜牧或许对张好好是发自内心的真心相爱吧,他感旧伤怀,当即以诗相赠。这首诗写得很长,情真意切,把所有的爱恋都倾注在了笔端。历史上没有交代张好好的文化程度,但从张好好歌女的身份来说,想必也是知书达理、通晓诗文的。试想,如果张好好没有文采,杜牧又怎能为她写此长诗呢!

君为豫章姝,十三才有余。翠茁凤生尾,丹脸莲含跗。高阁倚天半,晴江联碧虚。此地试君唱,特使华筵铺。主公顾四座,始讶来踟蹰。吴娃起引赞,低回映长裾。双鬟可高下,才过青罗襦。盼盼乍垂袖,一声离凤呼。繁弦迸关纽,塞管裂圆芦。众音不能逐,袅袅穿云衢。主公再三叹,谓言天下殊。赠之天马锦,副以水犀梳。龙沙看秋浪,明月游东湖。自此每相见,三日已为疏。玉质随月满,艳态逐春舒。绛唇渐轻巧,云步转虚徐。旌旆忽东下,笙歌随舳舻。霜凋谢楼树,沙暖句溪蒲。身外任尘土,樽前且欢娱。飘然集仙客,讽赋欺相如。聘之碧瑶佩,载以紫云车。洞闭水声远,月高蟾影孤。尔来未几岁,散尽高阳徒。洛城重相见,婥婥为当垆。怪我苦何事,少年垂白须。朋游今在否,落拓更能无?门馆恸哭后,水云愁景初。斜日挂衰柳,凉风生座隅。洒尽满襟泪,短歌聊一书。

雄文漫漫,爱意绵绵。今人阅读,也是感慨万端。不难想象,音信皆无的五年,也是杜牧朝思暮想的五年,人人都说相思苦,只是不见心上人。天意使然,猛然相遇,杜老夫子是何等的欢喜啊!可见,他们的爱情也是经历了时间的考验,两颗爱心碰撞在一起,最终喜结良缘。这正应了那句话:有情人终成眷属。

春风最解游人意。行走在杏花村景区,风开始变得温柔,让人感觉这里的花草树木,这里的山川河流,处处写满了文字,处处充满了诗意。

辞别杏花村,依然恋恋不舍。我一直觉得与杜牧言犹未尽,似乎不与杜牧"和诗"一首,岂不是枉费了大好春光?于是,随即胡诌几句,权当附庸风雅吧:杜牧诗篇觅酒家,池州大地遗文化。史上有个张好好,杏花村里留佳话。

文化霍山

金秋的霍山,空气清新而凉爽,微风从佛子岭水库吹来,带着淡淡的酒糟味道,那是"迎驾贡酒"散发的"情思",给人以无限的遐想。我刚一落脚,霍山友人叶磊先生就迫不及待地告诉我,这里是大自然恩赐的天然氧吧,从大城市来的人,无论是来干什么的,都可视为休闲度假,享受生活。的确,霍山地处大别山区,地貌特征为"七山一水一分田,一分道路和庄园"。巍巍山脉,情深似海,到过霍山的人都能深切地感受到这座秀美的山城处处是"宝"。

叶磊先生不厌其烦地介绍说,霍山有"五宝":第一"宝"是气候,四季温和,雨量充沛,气候宜人;第二"宝"是绿化,森林面积达15万公顷,林木蓄积量达600万立方米,森林覆盖率达76.18%,林木绿化率达77.9%;第三"宝"是水质,水质常年保持在地表Ⅱ类水以上,属国家一级水源保护区;第四"宝"是空气,全年空气质量优良率保持在94%以上,年平均空气质量指数56,年负氧离子平均浓度达到4194个/cm³;第五"宝"是旅游资源,大别山主峰所在地,处处青山环抱,绿水长流,鸟语花香,生机盎然,宛如一幅绝美的天然山水画卷。这里分明是神仙居住的地方,是一处人间仙境。于是,我怀着无比激动的心情,按照叶磊先生的"规划图",走进大山,走进森林,走进村寨,去体验霍山"五宝"的奇特魅力。

"苔痕上阶绿,草色入帘青。"如果要问我来霍山感受最强烈的是什么,我会大声地告诉你：满眼皆绿。放眼望去，山城的大小建筑都隐藏于巍峨的大山与茂密的树木之中，城在林中，路在绿中，人在景中，整个县域就是一座庞大的森林公园，是绿色大合唱，更是绿色海洋。

山高、水阔、林深，大自然赋予霍山无穷的资源，也赋予了这块大地无尽的灵性。这个始建于隋文帝开皇元年的古老郡县，经过长达1500年的发展，文化底蕴深厚，文脉兴盛不衰，不说县城里的文庙，单从地理名称看，就让人浮想联翩。这里的水库，佛子岭、磨子潭、白莲崖，读起来文绉绉，朗朗上口；这里的河流，真龙地河、救母河、杨三河、马槽河等，人情味十足，字里行间充满了民俗风情；这里的山脉，白马尖、狮子尖、狼子尖、老钹河、六万寨、龙凤山、铜锣寨等，不经意之处彰显着人文特征。最有文化含量的，当数其16个乡镇的地名，漫水河、落儿岭、太平畈、大化坪、黑石渡、单龙寺等，每个名称都有历史典故，都有美丽传说，都有动人故事，都有古迹遗存，让人文思泉涌，流连忘返。

行走在霍山大地上，我能够真切感受到，叶磊先生介绍的"五宝"，处处可见，遍地皆然，堪称无价之宝。近年来，霍山县的全域旅游方兴未艾，共打造AAAA级景区5家、国家地质公园分园区3个、国家工业旅游示范点1处、省级旅游度假区1个、省级研学旅游基地1个、省级中医药健康旅游示范基地5处，正在申报国家级中医药健康旅游基地3处，漂流体验游、石斛养生游、温泉休闲游更是精彩纷呈，充满神奇，热度倍增，已成为"网红"养生宜居宜游地。生长在大山深处的霍山石斛，素有"养生仙草"之称，名列"十大皖药"榜首，成为当地百姓脱贫致富的一个重要产业支撑。

物华天宝，人杰地灵。令我感到无比惊喜的是，这么个集山区、库区、革命老区于一身的大山深处，过去曾是"鸟不生蛋"的地方，现如今涌来了一批又一批的艺术家，在山里像燕子垒窝一般，利用国家"大三线"建设时期遗留下来的军工厂老旧厂房，悄然建起了一座座艺术宫殿。

月亮湾，一个诗意的名字，中国作家协会、安徽省作家协会的作家们，在淮海机械厂旧址，建起了书院和作家工作室，签约入驻国家级作家如徐贵祥、许辉等18人，成为中国作协的文学创作基地。国家文化部原部长、著名作家王蒙先生亲自题写"霍山东西溪乡月亮湾作家村"的"村名"，中国作家协会主席铁凝女士率团莅临作家村采风，这个藏在深山人未识的小山村立刻沸腾了，一时间世人瞩目。

仙人冲，顾名思义，肯定是有"仙人"的地方。中国美术家协会主席范迪安、安徽省美术家协会主席杨国新挂帅，在这里建起了"大别山仙人冲画家村"，成功改造了原军工皖化厂和皖西厂遗留厂房，入驻全国各地的画家60余名，画家工作室、雕塑工作室、博物馆、俱乐部等陆续投入使用，一时间，各路大仙云集，使这个仙人冲地名，变得名副其实。

屋脊山，这是一座堪与黄山相媲美的山川，以日出云海景观闻名遐迩，伴着漫山遍野的映山红，天然造化，美不胜收，被打造成了华东地区第一个摄影家村，成为《中国摄影报》大别山专题摄影讲习基地，为大美霍山注入了新的文化元素。

此生遇见，绝非偶然。

徜徉在作家村，漫步在画家村，回眸摄影家村，我突然觉得，这三个"村"的兴起，或许不能一下子带来太多的经济效益，但一定会为古老的霍山增添活力和魅力。三个"国字号"的艺术村，三批国家级的艺术家，配上霍山的"五宝"以及霍山石斛、霍山黄芽、霍山黄玉等，与勤劳善良的霍山人民一道，必将实现华丽转身，带着自身的光芒，走向全省，走向全国，走向全世界，放出更加艳丽的光辉。

巢湖姥山

可能游人不会想到，巢湖有三处叫"姥山"的地方，一处是中庙的姥山岛，一处是散兵镇的姥山怀，一处是坝镇的姥山湾。这三处姥山之间有没有内在联系？我没有查阅到相关资料。但我感觉，既然都叫这个名字，有某种联系应该是必然的。

于是，我就与人相约，开车到这几个地方走了一遍，看看能不能找出与姥山相关联的蛛丝马迹。

第一站是姥山湾。姥山湾地处巢湖市坝镇，这个地方有点特别，从地图上看，土地版图是庐江县的，属于庐江县的地盘，而人口又属于巢湖市管辖，实际上是巢湖的"飞地"。这样一来，姥山湾的历史文化，说是庐江的也行，说是巢湖的也行，两地都有份。

在姥山湾村的边上有一座毛公山，是纪念史上二十四孝之一"毛义侍母"主人公毛义的。《后汉书》记载，东汉时期，毛义家里十分贫穷，却以贤孝闻名天下。南阳太守张奉很是崇拜他，专门到他家拜访。张奉到达的那一天，两个人正在交谈心得体会，恰好有一份文书送到。毛义打开一看，十分高兴，拿着文书就兴冲冲地去见他母亲去了，把张奉晾在了客厅里。等到毛义回来，张奉问他："什么喜事啊，这么高兴？"毛义告诉他，是朝廷委任毛义做安阳县令的文书。张奉听了，心里非常鄙视毛义，认为他所谓清高都是虚假的，看他那高兴的样子，不知道盼望做官盼了多久呢！张奉很是后悔自己这次来拜访,马上起身告辞而去。后来,毛义的母亲逝世了,他马上辞去官职,返回乡下。不久,毛义又被朝廷任命官职,而且是多次任命,专门派人接他赴任,他都坚决地推辞了。张奉得知后,十分佩服毛义的孝贤,并感叹地说:"贤能的人,真是不能用常识去判断啊!当年毛义喜形于色,捧着做官的文书向母亲报喜,是为使母亲高兴,他勉强做官也是为了孝敬母亲,让母亲生活得更好啊!"再后来,皇帝专门下达诏书,表扬毛义,称赞他的贤孝之举。

挖掘毛义文化,姥山湾村可不可以做点文章?

第二站是姥山怀。姥山怀村位于巢湖市散兵镇,闻名遐迩,它是一个区域名,三山环抱,一面临湖,几个古村分布依偎在姥山怀中,如孩子在母亲怀中吸乳,故名"姥山怀"。姥山怀中央有个大徐村,是一座东西长500米、南北宽200米、占地10万平方米的地主庄园。唐宋时期以胡姓长居,村前一口胡家大塘为证。明中期王姓入住,也曾风光百年。其间有笪姓、吴姓相继入住,后来又转让给徐姓所有,乾隆年间更名为大徐村,这个村名一直叫到如今。清朝中后期,徐氏曾出过太学生、庠生,有诰封五品、六品候选官。有地主十余户,拥有庄田千亩,收租两千担。村西头的徐氏宗祠系现代建筑,两进式二厢房架构,共十四间,屏门格扇,雕梁画栋,艺美精湛。神龛棚顶,走兽飞禽。门楼翘角飞檐,门厢石鼓并列,庄重典雅,美丽无比。这里的文化氛围比较深厚,需要慢慢调研,不是一次漫游就能搞清楚的。

而第三站姥山岛,则是巢湖市中庙镇管辖的一个村子,地处巢湖湖中心的一个小岛上。由于距离合肥较近,所以游人如织。

生活在合肥,不能不去姥山岛。因为,内陆地区的人似乎离"岛"这个词比较遥远,早年我当兵时,就是在远离大陆的东海南日岛上,我在海岛上生活了两年,所以,对什么是岛,是有亲身体会的。毫无疑问,既然称为"岛",肯定是生长在水里,即水中的陆地。我还认真地查了一下资料,在安徽境内,被古籍记载为"岛"的,姥山岛是唯一的。舒城县万佛湖里有十几个小岛,也有名有姓,宛若诸佛拜观音,万佛湖由此得名,那是后人的创造,但古人都不认可为"岛"。可见,姥山岛有其历史文化渊源。

合肥的水域,非巢湖莫属了。巢湖号称"八百里湖天",我不知道这个数字是怎么计算出来的。但我知道这是我国五大淡水湖之一,烟波浩渺,水天一色,夕阳西下,渔歌唱晚,天然景区。"大湖名城,创新高地",是合肥对外的宣传口号。原地级巢湖市撤销后,县级巢湖市属合肥市管辖,巢湖变成了合肥的"城中湖",有巢湖景观,这个口号也算名副其实了。

从这个意义上说,姥山是水中山、湖中岛,给游人留下了太多的想象空间。难怪《巢湖志》记载:"姥山上四面桃花,桑麻遍地,春水上涨的时候,坐着小船,登山观湖,如入仙境。每当冬雪覆盖,秋月临空,春雨连绵,细雾朦胧的时候,荡舟观览此山,犹如画境。"我乘坐在"冲锋舟"快艇之上,从姥山岛的四周游览,这座外形呈椭圆形的岛屿,我感觉像尊大佛,难道它是传说中的"焦姥"的化身吗?世代相传,想当年"陷巢州"时,焦姥为救相邻,自己被洪水吞没,化成了一座山,后人称之为姥山。

登上姥山,这里植被茂密,果木飘香,风景秀丽,居民们家中都办起了"农家乐",吃有湖鲜,住有民宿,宾至如归。岛上有古塔,有山洞,有池塘,有古道,初来乍到,大有世外桃源之感。尤其是修建于明崇祯四年的古文峰塔,塔身为石条垒砌而成,高达51米,七层八角,共有135级,塔内砖雕佛像802尊,有李鸿章、刘铭传等历史名人所题匾额25块,其文化文物价值不言而喻。

我站在文峰塔上,远望东北方对岸的中庙古寺,庙宇就在眼前,这座修建于巨石上的寺庙又名圣姥庙,供奉的神像里就有焦姥,香火旺盛。一个人,一个岛,一座庙,就这样相守在巢水,一年又一年,任故事流传,任世人评说……

广玉兰与"中堂牡丹"

晚清名臣李鸿章是肥东人士,在肥东大地上自然会留下一些风流雅事。从长临河淮军将领宅第里茁壮成长的广玉兰,到张集乡刘氏宗祠里满庭芬芳的"中堂牡丹",见证着古代士大夫那种超然脱俗的大自然情怀。

在长临河老街东街,有一座"百年邮局",这里曾是淮军将领吴毓芬、吴毓兰的宅第。吴家世代为官,吴氏兄弟皆为淮军将领,父吴墦为清资政大夫,祖父吴之骥任清州同知加二级。这么显赫的家族,在故乡自然是建有深宅大院的。院内两棵广玉兰树高大茂盛,四季常绿,华盖如伞,花朵似莲。广玉兰原产于北美洲,清末时期,李鸿章把108棵广玉兰带至合肥,作为一种"荣耀树"赏赐给淮军将士,吴毓芬、吴毓兰兄弟忝列其中。广玉兰树叶的叶背金黄、叶面碧玉,象征着"金玉满堂";每年五六月开花,洁白柔嫩、皎洁清丽,象征着荣华富贵。所以,那个阶段的合肥地区,谁家房前屋后种有广玉兰,人们就知道他家是荣立功勋、受过封赏的。

1984年9月,广玉兰被确定为合肥市市树,成为合肥市一张永久的名片。时至今日,合肥及肥东、肥西、巢湖、庐江、无为、舒城一带,大凡淮军将领的纪念之地,包括合肥"李府""李鸿章享堂"院内,都栽种有健硕厚实的广玉兰树,树干笔挺。

在当时,广玉兰是贵重树木,如果说赏赐广玉兰树是彰显军功荣誉的话,那么,李鸿章送牡丹树的做法,则流露出了浓浓的乡土气息和悠然情怀。

在肥东县张集乡的刘氏宗祠,有两株树龄已超过160年的牡丹,当地人称之为"中堂牡丹"。这两株牡丹树经过百余年的生长,枝繁叶茂,枝叶覆盖了整个花坛,色香双艳,雍容华贵。每年花开时节我都去观赏,并统计了一下,这两株牡丹全盛时可开花400余朵,冠幅广达1.5米以上,自成一景,蔚为大观,每年都吸引了大量省内外游客,也有不少画家和学生在此写生。

这两株牡丹是李鸿章送给著名乡贤刘福庆的。刘福庆与李鸿章原是同窗,且刘福庆获取功名还在李鸿章之前,因此,刘福庆经常指导李鸿章学习。李鸿章对刘福庆心存感激,在他成为一方大员之后,两家仍保持着密切来往。清咸丰三年(1853),李鸿章从洛阳购来两株优质牡丹树赠予刘福庆。刘氏族人口口相传,这两株牡丹原本是种植在刘福庆家中的,清同治元年(1862),刘福庆主持修建刘氏宗祠时,以家族为上,遂将它们移栽至祠堂里。

如今,这两株被赋予了传统文化内涵的牡丹树,连同发生在牡丹树上的历史故事,已被编入合肥市及安徽省古树名录,在向世人传达着温馨无比的师生情、同窗谊、乡土亲……

现在看来,送树、送花、种树、种花,这是一种跨越时空的千古大爱。大自然是很奇妙的,人不在了树还在,岁月远去花在开,周而复始,化为永恒。

遇见"里厅山墅"

金秋十月,我与几位好友到黟县西递古村落观光游览。

在我的记忆中,西递古村保持着明清建筑的原始风貌,家家户户都是传统摆设,不说精雕细琢的房舍,就是屋子里的大小家什,也都是祖上传承下来的,似乎带着先人的气息,让子孙后代们有种归宿感,世代在此安详快乐地生活着。还有就是各家的房前屋后大都有一些民俗老物件,以木雕、石雕、砖雕居多,木制器具也不少,一草一木都透露出浓浓的徽文化味道。

西递,是著名的世界文化遗产地,国家 AAAAA 级风景区,用现在时髦的说法,就是一处标志性的网红旅游打卡地。据说,每年来自世界各地、各种肤色的旅游者多达千万之众,令人惊叹!

而现实中的西递,已不是我记忆中的古村落那个模样了。漫步在狭窄的街巷,我看到每家每户已变成了饭店和商店,也有酒吧、咖啡馆之类,再就是楼下开店楼上做民宿,都有大字招牌,花花绿绿,让人眼花缭乱,处处充斥着商业气息,沉浸其中,你不自觉地会生发出一种莫名的压抑感。

说真的,我在这个古村落一圈转下来,有种晕头转向的感觉,压抑得喘不过气来。

利用旅游文化资源发展地方经济,造福当地老百姓,这一点,是时代需要,是群众呼声,是发展趋势,我是举双手赞成的。然而,商业味太浓了,就破坏了文化格局,我担心时间久了,受损的还是景区的声誉。

导游女士告诉我,其实,西递的原住民家中,祖上传下来的老物件琳琅满目,每家都可以称为一座微型的民俗博物馆,一些生产生活的日用品,大都是上百年甚至几百年的物件。可是,在漫长的岁月中,随着中外游客越来越多,一些好东西渐渐地都被游客买走了,日久天长,除了明清老建筑,能够移动的老东西,已悄然散布于世界各地了。

据说,江浙沪的各大景区,都有古徽州的物品。商品经济的大潮掏空了西递古村的五脏六腑,使之徒有一个漂亮的躯壳以及永远也讲不完的历史传说。从这个意义上来说,古村落的旅游开发,是赚了,还是亏了?

我多少有点失落,就像自己的东西被偷了一样。

于是,我索性不在西递村落里吃饭住宿了,而是掉转车头,径向大山深处开去。

车子开了十几分钟,在一个半山腰处,眼前出现的古村落十分别致,从外形看,虽说与西递村的村落规制没有什么区别,但青砖黛瓦马头墙所透露出来的那份意蕴以及那缕缕炊烟,分明在明确地告诉你,这里才是我要寻找的"梦中西递"。

走进这个村落,能够听到潺潺的流水声,感觉到云雾就在身边流动,一下子如入仙境。下车一打听,村民们热情地告诉我,这个村属于西递镇叶村,村名叫利源组,与西递一山之隔,村子不大,但历史悠久,全村几乎都是明清时期的老建筑,村民们都姓余,没有杂姓,有"余氏祠堂"一座,村容村貌保留得很原始,民风淳朴,村民可亲,乍一到来,似有"归乡"之感,让你会不由自主地停下行走的脚步。

这个村子里有个名叫"里厅山墅"的客栈,创始人程龙伟是一名学者,热爱传统文化,擅长古琴古曲。他是合肥庐阳书院院长,研学之余,经常带领学生来西递古村落游学,时间久了,就相中了这里的山水,乃至在这里购置民居安营扎寨。"里厅山墅"这个名字是程龙伟起的,意谓"大山里的厅堂",几栋原汁原味的老房子,原汁原味的老摆设,原汁原味的老台阶,原汁原味的老院落,一砖一瓦都弥漫着古色古香。身临其境,会令人忘了今昔是何年。

主管客栈的是一个二十七八岁的小姑娘,她是程龙伟的学生,新一代的传统文化爱好者。这个小姑娘确实值得一写,她有一个无比灿烂的名字:小花。名如其人,花一样的年纪,花一样的外表,花一样的地方,花一样的事业。笑容在小花姑娘的脸上绽放,犹如漫山遍野的初冬菊花,随风摇曳,风景如画,赏心悦目。

更令人感到惊奇的是,小花并不是当地人,而是来自芜湖的创业者。不知是天意使然还是有所追求,小花大学毕业后并没有留恋大城市,而是从城里走了出来,来到皖南的深山,走进了古徽州,住进了斑驳陆离的马头墙里,开始与古人对话,与传统文化联姻。几年来,她用脚步丈量徽山徽水,用体温温暖一座又一座被历史遗弃的老建筑,用细嫩的双手捡拾一些民俗器物,用瘦弱的肩膀扛回了一块又一块带着雕琢痕迹的石头。

她说,她上辈子可能就是古徽州的女人,天天在大山里跑,从不感到什么是苦什么是累,也不向往外面的世界,心无旁骛地坚守在大山里。有时候,村民们看着她觉得怪怪的,不知道一个小姑娘到底在干什么、图什么。她说,她在追随古人的脚步,来寻找徽文化的精髓。

皇天不负有心人。经过几年的积累,小花在黟县的碧山村买下了第一栋老建筑,自己动手装修成了她的第一个徽派民宿。她捡拾的一些老物件就摆放在民宿里,旅客居住其中,就像是穿越到了古代,享受的不仅是宁静的空间、新鲜的空气,更是一场徽文化盛宴。

民宿是近年来的新生事物。村民们用自家闲置的房舍办民宿,活跃了地方经济,增加了资金收入,更方便了外来的游客,促进了旅游发展,因而受到了地方党委、政府的关注。黟县有西递、宏村两大国家 AAAAA 级风景区,又距上海、杭州较近,游客人数连年攀升,民宿发展如火如荼。里厅山墅客栈,就是在此大背景下应运而生的。

村民们介绍说,小花长得漂亮又洋气,打扮得时髦又时尚,当她出现在这几栋破败的老房子时,惹得村民们老老少少都来围观,像看影视明星一般,着实使这个小山村轰动了一阵子。

里厅山墅的老房子恢复了一栋又一栋,程龙伟的学生们来了一批又一批,寂寞的山村一下子热闹起来了。前来研学的学子们,跟随程龙伟老师学习棋琴书画诗花茶,把客栈装扮得如诗如画。每当夜幕降临的时候,程龙伟抚琴高歌,学生们穿上汉服,跟随音乐蹁跹起舞,给这个古村落带来了一种别样的风景。随即,古村刮起了一股新兴的文明之风。

点赞程龙伟先生,点赞小花姑娘,点赞里厅山墅!

有缘相见,有约在先,这里,我还会来的……

"归园"归兮赛金花

电视剧《走向共和》中有令世人哗然的一幕：堂堂朝中大员李鸿章，居然去拜访民间名妓赛金花，请她去说服八国联军司令官，停止对北京居民的杀戮。

这一幕对大清朝廷及李鸿章来说，是极其屈辱的一幕，让后人看到了清政府的无能、中堂大臣的无奈、八旗军的无力。而对身处社会底层的赛金花来说，则是闪闪发光的一幕，因为，她虽为一介草民，但她有幸还能有这么一个为国家尽力的机会。

1900年，八国联军攻打北京，国难当头，赛金花认为"国家是人人的国家，救国是人人的本分"，于是就挺身而出，找到当年在德国的旧识——八国联军统帅瓦德西，提出停止杀戮、不破坏京城的要求。不管野史上怎么演绎，但瓦德西念及旧情，客观上还是答应了赛金花的请求，就这样，赛金花为保护北京做出了特殊贡献。因此，史载文化大儒辜鸿铭曾亲口对赛金花说："在这件事上，你是有功的，大家会记得你。"

人们记得赛金花吗？

在黟县西递和宏村两个世界旅游目的地之间，有一处优雅别致的人文景观——归园。这处宅院，是清末一位爱慕、追求赛金花的苏州富商，送给被慈禧太后发配归乡的赛金花的。

赛金花何许人也？她本名郑彩云，小时候随父亲离开故土，光绪十二年(1886),在苏州河上的花船上做清倌人,改名傅彩云,下海接客。光绪十三年(1887),适逢前科状元洪钧回乡守孝,他对彩云一见倾心,遂纳为妾,洪时年48岁,傅彩云年仅15岁。赛金花后成为状元洪钧的如夫人,洪状元为其改名为洪梦鸾,她跟随洪钧出使德、俄、奥、荷四国,曾受到德皇的接见。她虽然没进过学堂,但她具有语言天赋,很快就能熟练使用多国语言,并具有外交本领,配合夫君在外交领域风生水起,成为那个时期中国为数不多的女外交人员,载入史册。

光绪十年(1894),傅彩云在送洪氏棺柩南返苏州途中,因被洪家欺凌,遂潜逃至上海重操旧业,改名"曹梦兰"。后至天津,改名"赛金花"。光绪二十五年(1899),搬往北京,住在西单石头胡同,因与京城名儒、巨商卢玉舫结拜,排行老二,因而人称"赛二爷"。一时间,"赛二爷"混迹于京城大码头,闻名遐迩。

就是这么个对国家对民族有贡献的人物,因在北京名气太大了,树大招风,惊动了朝廷,在她31岁那年,被慈禧太后发配回原籍,回到了生她养她的故乡——安徽黟县龙川村。在友人资助下,她在祖屋边修建了一处宅院,名曰"烦了斋",希望能了却平生之烦恼,回归老百姓那恬静悠闲的生活。

现在的"归园",基本上还是过去的老建筑。走进这座园林式的大宅院,我看到了女儿墙、漏窗、天井等这些具有徽州建筑风格的元素,古色古香,充满古韵。园内有亭台楼榭、假山廊桥,曲径通幽,恰似一幅江南水乡图画。园内陈列有赛金花一生的完整资料,包括社会各界对赛金花的评价,让游客能够对赛金花有一个全貌式的了解。

我多次参观这处"归园",其间也写过关于赛金花、关于"归园"、关于徽州园林、关于徽州历史名人的文章,曾经心生感慨,与附近的西递、宏村等景点相比较,偌大的"归园"景区游人寥寥,没有什么人气,让人不免感到有些荒凉和凄然。

　　同行的黟县友人介绍说,赛金花生前身后都是饱受争议的人物,有"一代名妓""绝代佳人"之说。想当年,赛金花从京城回归故乡,她是多么想落叶归根,在家乡终老一生。可是,古徽州人受儒家正统观念影响,不接受做过"娼妓"、当过"小妾"的"贱人"。所以,赛金花在家乡受尽了乡亲们的白眼,虽然当时也有一个名叫余履庄的乡人追求她、爱慕她。我始终没有了解到这个名叫余履庄的黟县龙川村人的情况,他是乡贤,还是村上的无赖?反正,赛金花没有看上这个人。就是在这种情况下,她万般无奈地与家乡不辞而别了,据说,当时家乡人没有人知道赛金花是何时走的,更不知道是怎么走的,她像突然消失了一般。直至1936年12月4日,赛金花一个人孤苦伶仃地在北京的一间破屋里去世。一代名媛,香消玉殒。

　　其后,她的事迹被文人墨客写入小说、诗歌、戏剧及书画作品,轰动朝野。名流大腕纷纷为其募捐,将其葬于北京的陶然亭,葬礼办得风风光光的,从这个意义上来说,赛金花这一辈子也是值了!

　　著名文化学者余秋雨在其作品《行者无疆》中写道:"赛金花60岁之后,曾接受过一次北大教授刘半农的访问,在谈到社会现象时便说:'革新应由思想上革新,不应只从外表革新,学些外国皮毛,骨子里还是老腐败,究有何益?'这就不是当时中国女子说得出来的了。"

　　写到这里,我总算明白了黟县友人没有说出来的话,也就是说直到现在,社会上对赛金花的争议一直没有停息过,更何况古徽州大地到处是历史名人,从不缺乏历史名人,不需要用赛金花来"支撑门面"。对赛金花在清末民初时期扮演的角色,地方部门不好把握,没有做什么宣传推介工作,对这处人文景点外界知道的不多,加之黟县步步皆景,旅游景点众多,这里与其他景点相比没有优势,又没有定位为"爱国主义教育基地"之类的,因而,外来游客并不多。

然而,作为研究区域文史和民俗文化之人,我对此是持不同看法的。我们不说赛金花为国为民做多大贡献,也不说关于她的文学作品、电影戏曲有多少,作为一个在历史上留名的人物,能够走进历史华章,又被今人所时时记住,那么,就应当受到后人的尊重。从这个意义上说,赛金花及其"归园",不仅是一处别样的景点,而且有着厚重的历史文化价值,完全可以敞开胸怀,接纳来自世界各地的游人。

安徽有个张玉良

张玉良是她的本名,她流传于世的名字叫潘玉良。

前些年,我在安徽博物馆老馆看过潘玉良画展,收藏过《潘玉良画册》,阅读过我省著名女作家石楠老师的人物传记《画魂张玉良传》,也观看了由张艺谋导演、巩俐主演的电影《画魂》。因而,在我这些年的记忆中,潘玉良是一个挥之不去的人物,是文化情结,更是乡土情怀。

所以,我一直也想写写潘玉良,写她的身世,写她的经历,写她的才华,写她的画作,写她的孤寂,写她的安徽乡情。

潘玉良(1895—1977),字世秀,江苏扬州人,是中国著名女画家、雕塑家。1921年考得官费赴法留学,先后进入里昂中法大学和国立美专,与徐悲鸿同窗,1923年又进入巴黎国立美术学院。她的画风基本以印象派的外光技法为基础,再融合自己的感受、才情,作画不妩媚,不纤柔,反而有点"狠"。用笔干脆利落,用色主观大胆,但又非常美观,是"民国六大新女性画家"之一。

可以看出,潘玉良在绘画界的历史评价极高。民国时期,接受过国外美术高等教育的画家人数很少,其中女性画家更是凤毛麟角,而潘玉良却是其中之一。潘玉良不同于其他画家,他们大多出自名门望族或是书香门第,而她出身贫寒,命运多舛,文化水平也不高,在世俗观念中,她是不被上层社会所瞩目的。她出生那年,父亲不幸病故,母亲也在她8岁时离开了人世,14岁时,她被好赌的舅父卖到妓院。她在妓院的岁月,有的说做烧火丫头,也有的说是在妓院学习乐器并参与演奏乐曲,但卖艺不卖身。青楼的经历,是她一生的痛,人生之痛、情感之痛、艺术之痛、处事之痛,以至于她客居海外40年,终身在卧室绘画,至人生终点也没有再回过自己的国家。不能不说,这又是她的生命之痛。

万事皆有因缘。潘玉良在妓院中,机缘巧合地与芜湖盐督潘赞化相识,两人一见钟情,情不自禁地坠入了爱河。潘赞化为她赎身后,1913年,由安徽老乡陈独秀做证,潘赞化正式纳张玉良为小妾。此后,张玉良改名为潘玉良,籍贯也改为潘赞化的家乡"安徽桐城",成了一名堂堂正正的皖人。改名换姓,即为重生,犹如凤凰涅槃。

潘赞化是个文化人,更是位伟丈夫,他不被世俗偏见所左右,非常支持潘玉良去学习,还为她请来专门的老师,再加上潘玉良对美术的天赋与热情,最终她远渡重洋,留法深造。一代画神,自此诞生。

1929年,潘玉良归国后,曾任上海美专及上海艺大西洋画系主任,后任中央大学艺术系教授。1937年旅居巴黎,曾任巴黎中国艺术会会长,曾50余次参加法、英、德、日及瑞士等国的画展,为自己的艺术探索交出了精彩答卷。可能有些人不知道,潘玉良还是考入意大利罗马皇家画院的东方第一人。这个成就,谁人能比?!

"把脂粉化成油彩,重新涂抹了自己的生命"。潘玉良是幸运的,幸运的是她早年就认识了爱她懂她又欣赏她的潘赞化。潘赞化慧眼识珠,发现了她的天赋,培养了她的艺术细胞。有情有缘,天作之合,冥冥之中,似有定数。

然而,在当时的社会环境里,不管你有多大的成就,妓及妾的身份就像两座大山压在潘玉良身上,周围的白眼及唾沫,几乎使她窒息。她到底是一介弱女子啊,能抗得过整个封建体制吗!所以,她选择了逃避,隐身到了国外。

当她第二次走进法国巴黎这个浪漫之都时,没有人想到,她已坚定了自己的归宿,尽管,其间她也多次申请回国,终没如愿。这个自称不恋爱、不入外籍、不与任何画商签订合同的"三不女人",对绘画艺术的追求,是那样纯洁、那样执着、那样率真、那样无怨无悔。

"边塞峡江三更月,扬子江头万里心。"(潘玉良诗)漂泊海外的潘玉良,愈是到了暮年,思乡之心愈切。自知来日不多,女画家的枕头下面总是留有一张字条,上面写着家人在中国的住址。1977年7月22日,潘玉良在病贫交迫之中默默地离开了人间,香消玉殒,葬于法国巴黎艺术家公墓。

当然,我也听说,在安庆大龙山脚下也有潘玉良的坟墓,那是潘赞化夫妇的合葬墓。潘赞化是文化名人,生前曾任安徽省文史馆馆员,其后人按照传统上"左妻右妾"的规制,墓碑上面潘赞化的名字居中,其妻方世善女士居左,潘玉良的名字自然是居右了。只是,墓碑上只有"玉良"二字,既没有写"潘",也没有写"张"。可能潘赞化生前就这样称呼"玉良"吧,潘赞化在给潘玉良的书信中,多称呼"玉良"或"玉妹",真爱之情,跃于纸上。

"书画传千秋,英名载史册。"这是潘赞化夫妇的合葬墓边上竖立的一块石碑,正是潘玉良一生的真实写照。

潘玉良去世后,凝结其一生心血的4900余幅画作,被移交到中国驻法大使馆,几经周折,有4700余幅作品被安徽省博物馆永久收藏。斯人已去,画归故乡,这是天意,也是潘玉良的意愿。2011年3月,在安庆市图书馆工作的石楠女士,依据稀少的素材,凭借艺术想象,写出了《画魂张玉良传》。通过这部传记,人们开始了解到潘玉良传奇的人生经历。这位几乎被遗忘的女画家,也开始重新为美术界和大众所关注。我认为,石楠老师作为潘赞化的同乡,和潘赞化一样,她是懂潘玉良的。如果说潘赞化懂潘玉良的才情、绘画的才情,那么,石楠老师知道潘玉良的高大,人格的高大,艺术的高大,安徽人的高大。

追寻欧阳修

如果欧阳修还活着的话，今年应该有1000多岁了。

在这千余年里，从滁州的琅琊山到阜阳的西湖，人们都在传说着这位文人骚客的风雅趣事。我去这两处"欧地"调研过，可以说，这两处人文景点，都是欧阳修的身后遗产，或者说，是欧阳修诗词文章之外的两大杰作，不朽于世。

欧阳修出生于四川绵阳，祖籍江西庐陵，是北宋杰出的文学家、史学家、金石学家和政治家，唐宋八大家之一。他不是普通的文人，他是著名的官吏，在他66年的生命长河中，出仕为官就长达40余年，做了一辈子的官，拿了一辈子的俸禄。史书记载，庆历五年（1045）秋，欧阳修到滁州担任太守，当时的滁州山不通车马，水不载舟，地僻人稀，面貌凄凉，算是偏远之地。欧公来到此地为官，心情并没有受到影响，而是恢复了固有的文人雅士的本色，在处理好政务之余，遍访名胜古迹，走到哪写到哪，走一路写一路，看到啥就写啥，可谓优哉游哉！就这样，他在滁地任职三年，思想上自由驰骋了三年，身体上逍遥快活了三年，文笔更是放飞了三年。据考证，这期间，他创作的诗词有六七十首之多，文章及书信超过百篇，留下了丰厚的文学艺术遗产。其中，《醉翁亭记》成为千古名篇，是历代文人雅士吟诵的首选。现如今，琅琊山及其山上的醉翁亭，已是著名的旅游景区，尤其是一棵千年老梅树，被誉为"欧梅"，至今枝叶茂盛，花香四溢。这里，节假日人头攒动,像古代的庙会一般,带动了滁州的文旅发展及经济腾飞,仍然在为滁地造福,为滁民聚财。

风流倜傥的欧阳修,勤政为民的欧阳修,爱民如子的欧阳修,受到滁人的拥护和爱戴,朝廷看在眼里,深表满意,遂委以重任。史载,欧阳修于庆历八年(1048)春天,一纸任命到扬州出任太守,扬地富庶,文风兴盛,交通顺达,当是肥差。滁人舍不得这位太守调走,纷纷走上街头端着美酒相送。

也许欧公命中注定与皖地有缘,他到扬州任职仅仅一年的时间,又于皇祐元年(1049),自扬州移职知颍州,成为颍州太守。古颍州,乃今大阜阳也。当时颍州地处中原地带,水陆交通便捷,物产丰富,人丁兴旺,社会繁华,是官员们人人向往的好地方。看来,欧公从扬州而知颍州府,到中原富庶之地为官,那绝对是又被朝廷重用了。

欧公到任之后,同样以豁达的心态,遍访民情,并开始扩建颍州西湖。西湖现在位于阜阳城西,是阜阳一处重要的市民公园。欧公对颍州西湖情有独钟,其《西湖戏作示同游者》诗曰:"菡萏香清画舸浮,使君宁复忆扬州?都将二十四桥月,换得西湖十顷秋。"这是诗人美好心情的真实写照。我查了一下史料,欧公一生共写下43首与西湖有关的诗词,不仅是咏一个地方风景名胜最多的诗人,而且还是中国古代文人中咏颍州西湖风景最多的唯一一位诗人,尽情抒发了他对西湖的热爱及情难割舍。

其实,欧阳修一生曾来颍州多达八次,在此居住了许多年,并写下了与颍州有关的92首诗词。据说,欧阳公晚年定居颍州直至终老。报载,至今颍州还有欧阳公后裔,据考证已流传至第36代孙了,文脉兴盛,绵绵不绝。

只是,令我发散思维的是,滁州也好,颍州也好,对欧阳修及其文化的研究和弘扬,还远远不够。

山门村的银杏

山门村是省级历史文化名村,也是全国生态文化村、国家森林乡村。这个闪耀着"国字号""省字号"的古村落,是个有历史有文化有物产的好地方,自然是吸引八方游客的。来这里旅游,最著名的景点当数山门洞了。山门村就是因山门洞而得名,顾名思义,是山门洞边上的一个小村庄。山门洞位于宁国市城北的文脊山中,据《宁国县志》载,文脊山有"大小七十二洞",尤以山门洞为最奇,洞口犹如人造山门,穿门而过即是庄园人家。这个天然洞窟高10余米,宽有17米之多,石壁削立,豁然中开,俨若城门,可通车马,自唐宋时期就是茶马古道,因茶马古道而成驿站,渐渐地在山门洞附近形成了繁华街道,集市兴隆,史上的"洞市"因此而得名。物转星移,世事变迁。现如今的山门洞,"洞市"的繁荣景象已看不到了,只能存在于故事传说之中。外人初来乍到,映入眼帘的是山门两边的银杏树,参天蔽日,刚劲挺拔,天姿卓然,与洞穴相得益彰,衬托出古山门的古朴苍郁,显得格外与众不同。

走近这些郁郁葱葱的古银杏,你会看到每棵树上都挂有"树标",上面标注有树的名称、种类、年龄、特性等基本信息。山中常见千年树,人间难觅百岁人。从这些"树标"上可以看出,大部分银杏树的树龄一般都是在200—600年之间,也有上千年的银杏树,它们曾经经历过繁华,当然也经历过战火,度过了寂寞,陪伴着人类,见证着历史,一年又一年,一代又一代,直至永远。

置身于山门洞,你依然会感觉到,天气依然有风,依然有雨,依然打雷,依然下雪,依然转换春夏秋冬。这些粗壮挺拔的银杏树啊,依然一圈一圈增加年轮,在顶风傲霜中茁壮成长。这就是大自然,无论风云多变幻,我自气定神闲。"天下之奇山有门,山门之奇天下无"。奇山异景处,花香蝶自来,山门洞及山门村,历来是吸引文人墨客的,吟咏山门的古诗词留存较多,至今仍可以看到,"仙岩壁""佛座灵岩""仙苔古壁""云光"等摩崖石刻,镌刻在山门洞两侧的石壁上,彰显出山门洞厚重而深沉的人文底蕴。

当地历史名人贺制曾作一首诗:"危岩寒古峡,峭壁锁长滩。岸合杉千树,峰回水一湾。"诗里写了山,写了水,写了树,确实令人神往。诗人将"树"入诗,想必此地自古树木茂密,犹如世外桃源。现在的山门村有林地面积达1667公顷,森林覆盖率81%,古树名木众多,树龄超过100年的就达15万株之多,生态环境优良,犹以银杏最为葱郁,足以令人叹为观止。陪同的当地林业部门王成先生介绍说,这个地方的古银杏不是按多少棵计算的,而是以多少片来对外宣布。这个村自2014年成功创建"安徽省森林村庄"以来,村民们在维护好现有森林生态资源的基础上,大力发展生态旅游经济,建设现代林业示范区,其创建模式为:依托山门洞名胜古迹和文脊峰森林生态景区,建设探索"景区+公司+村民"的合作建管模式,成功打造了恩龙生态万亩珍稀树种观光林、千亩玉兰花海景观区、特色银杏主题公园等高端生态旅游景观区。目前,山门村绿化覆盖率达到75%,绿地率达到63%,人均公共绿地面积达到7平方米,村内道路宜绿地段绿化率达100%,实现了全村绿化美化全覆盖,形成了村在林中、家在绿中、户在花中的美丽乡村新格局。

一方水土养育一方人,一方水土也孕育一方文化,地域文化特色就是这样形成的。这里成片的银杏林,自然也形成了一种独特的银杏主题文化,来此观之,不仅养了眼,而且养了肺,让你的血氧饱和度达到最佳值。更为重要的,通过观赏这成片的"活化石",去想象一下这里的历史风云,这里的名人典故,这里的往事沧桑,感悟这里厚重文化的博大精深。

我行走在古村遗址上,穿行在古村木之间,说实在话,内心是非常沉重的,沉重到有点类似于"凭吊"的感觉了。因为,这么多高大的古树告诉你,想当年这里是多么繁华,炊烟袅袅,鸡鸣狗叫,妇女浣衣,孩童嬉戏,一幅幅乡野喧嚣场景,浮现在眼前。而现如今呢?眼前唯有老井、老石墩、老墙、老瓦砾……这个犹如古战场遗迹的地方,就是千年古村所在地。只是遗憾的是,已看不到农家小院,看不到人间烟火了。

众人趋之,必有其缘。按照明嘉靖年间《宁国县志》记载的,晋代名士瞿硎隐居于山门,成了地地道道的当地山民。瞿硎是外来户,肯定不是山门村的开山鼻祖,但有大名士隐居于此,其广告效应是不可小觑的。以至于后来,宋朝尚书梅尧臣、宣城主簿张献民在此饮酒作诗,题字刻石,留下了千古佳话。与之同时代的宋皇祐元年进士姚辟作《游山门呈知府大卿》诗:"洞门有摩崖,唐贤盛镌鉴。姓名今尚存,苔藓已斑驳。"即是说在唐代就已有很多贤达之士在山门洞凿崖石题字了。这样,山门洞石刻及成片的银杏树,可追溯到1400—1500年前了。这么多历代名流齐聚一村,足以看出该村的历史特殊性。

当然,和全国各地的名村镇一样,这里也经历了历次的战火,村民生灵涂炭,尤其是清代末年,清军与太平军在这一带大战数年之久,加之瘟疫流行,造成人口骤减,十室九空,山门村也未能幸免。但无论怎么演变,山门洞还在,山门村还在,古银杏还在,文脉连绵,亘古不绝。与古人对话,听历史回声,我的心情久久不能平静。山门村作为一个传统村落,虽然完整的古建筑已不复存在了,但依附在这个村落历史上的生动故事以及这么多生长在古村土地上的银杏树,还是需要让世人知道的。欣喜地看到,山门村是宁国市的新农村建设示范村,当地的干部和村民,都能够讲好传统故事,做银杏文化的传承人。

路遇"石门高"

皖南的山路,崎岖而陡峭,车子转来转去,一路上惊险不断,令人心生急躁。

"看,山寨——"同车人一声惊奇的吆喝,把我焦急的思绪拉了回来。放眼望去,只见不远处现出一座古门楼,门匾上书"千年古村石门高"。

千年古村,太有吸引力了。于是,我们改变了行程,走进这处古村落,与千年的山,千年的水,千年的树,千年的历史与传说,探究寻底,进行一次亲密接触。

刚一进山门,就迎面碰到一群人,在此指指画画,好像在讨论什么。一打招呼,才知道是当地的行政村领导与景区开发商在谈论规划设计事宜。

"石门高村名有什么来历吗?"我急切地想了解古村的历史与文化。

"自古有山为城、石为门之说,这里村民多为高姓,村口巨石如门,'石门高'之名,就这样应运而生。"介绍者乃石门高古村景区的开发商柯芳春,一位50岁左右的汉子,黝黑的脸庞,已与村民无异,可见他在这深山沟里有了不短的岁月。

人与人相识是讲究缘分的,认识柯芳春,缘在高氏,缘因古村,情动于传统文化。柯芳春介绍说,这个千年古村落属于池州市贵池区棠溪乡,坐落在原始森林老山省级自然保护区内,有平天河、滴水岩、高氏宗祠、徽派古民居群、桃花坞遗迹、白沙岭古道等自然景观和人文景观,是生态池州旅游开发的一个新亮点。

古村不缺故事，传承必有宗祠。石门高村的"高氏宗祠"，是一处规制七进式的古建筑，建有一道石门楼牌坊，依山就势，逐次递升，结构完整，气势恢宏。这七进的祠堂，也是安徽省最大的家族宗祠。祠堂门口是一处方塘，方塘平静的水面如一面镜子，映照着古祠和民居，夕阳西下，如幻如梦，游人纷纷在此留影，形成了一道奇妙的景观。

文化是一条历史长河，这条长河里写满了地名和人名。所以，地名是文化，人名也是文化。物华天宝，人杰地灵，一地往往是因出了名人而扬名。"石门高"也是如此。

在"高氏宗祠"的最后一座享堂里，供奉着高氏的历代名人雅士，"开山鼻祖"高霁便是其中之一。高霁，当时可能只是一个名不见经传的地方文人，好诗好酒又好友，因与大诗人李白生长在同一个时代，并与李白交上了朋友，同李白及李白的文友韦权舆，结伴同上现在的九华山。九华山那时叫九子山。途中，他们看到九子山的九峰如莲，仙气萦绕，气象奇异，就写下了"妙有分二气，灵山开九华"的诗句，从此，九子山改名九华山，留名千古，千古绝唱，世代回响。至今，石门高人还在口口相传，九华山地藏王金乔觉曾到过石门高村，与石门高村民谈经布禅，称赞此地"仙山仙水仙世界"，道出了九华山与石门高的文脉因缘。

暮秋已至天气凉，草木摇落露雅霜。时至深秋，山里人大多穿上了毛衣，与城里人似乎不在一个季节。石门高村的老支书赵年生穿上了夹克衫，他看到我们都是穿一件衬衫，就热情地给我们倒了杯热水，说是让我们暖暖身子。他自豪地向我们介绍说，自己虽然不姓高，可在石门高村当了多年的村支书，一直为高氏族人服务。他说，石门高村历史上人才辈出，单单是县官以上有名有姓明确记载的，东晋时期2人，隋唐时期4人，宋代3人，元朝1人，明朝26人，清朝达40多人……家族传承，血脉相连，基因延续,可见一斑。

在石门高村走走看看,一晃半天过去了。临别时,我看到村东边的一座山壁上刻有一个大大的"魁"字,遂问其故。景区开发商柯芳春随口接着说,据《石门高氏宗谱》记载,唐长庆三年,石门高氏第十七代高子军,荣获翰林院大学士桂冠,高氏族人奔走相告,高子军的叔父高祐欣喜地写了一个"魁"字,请石匠刻在山体的悬崖峭壁上,摩崖石刻,与山同在,以示褒奖。明代高氏后人高薰曾撰诗:"秀出江南第一峰,魁尖上与斗牛通。卯秋一发高科后,还许英才继此踪。"看来,久病成医,久读能诵,柯芳春先生已融入景区,成为半个文史专家了。

天空渐渐黑了下来,热情好客的石门高人一再地挽留我们"住一宿再走吧",因是临时路过这儿,人生地不熟,我们没有像李白、韦权舆那样,客随主便,举杯欢畅。不过,离开了石门高,我多少又有点遗憾,一直在想,若是能夜宿古村落,那该有多美妙啊……

情走"清流关"

在江淮分水岭地区,有一个名叫清流关的地方,顾名思义,这里是一处重要关隘,南襟长江,北控江淮,一关分南北,南北各不同,站在清流关的山尖上,向北一望,一马平川,高粱满地,一派北国风光;朝南瞭望,湖泊交错,渔歌唱晚,典型的南国水乡景象。难怪古书记载:"得清流关者,得天下也。"

当地的文史专家黎国梁先生介绍说,约公元939年,当时的南唐依然统治着江南大部分地区以及江北的徐州、濠州、泗洲、寿州、庐州等14个州府,这样,既要固守江南,又要联系江北,需要一个"一夫当关,万夫莫开"的关隘。于是,地处南北分水岭的琅琊山脉的关山中段,自然就担当起了这个重任。清流关开凿通关后,南唐政府在此设立"大柳驿",派重兵把守,平时商贾往来,战时封关防卫,史称"金陵锁钥"。一时间,清流关一带有兵营,有马厩,有驿站,有演兵场,杀声阵阵;也有酒肆,有书场,有妓院,有茶馆,有乞丐,车水马龙,熙熙攘攘,大山深处的市井阡陌图景。当然,深山里也有老虎,有豺狼,有蟒蛇,有野猪,有山猴,相传发生过老虎吃人的事件,也发生过士兵斗蟒蛇的故事,一朝传一朝,一代传一代,留下了丰厚的民间故事传说。

更值得一提的是,清流关还有"转运关"一说,史上的大人物,如后周大将赵匡胤、宋代大家欧阳修、明朝开国皇帝朱元璋、太平天国的东王杨秀清等等,有的是通过清流关而取得大胜的,有的是过了清流关而迎来了人生的大转折,他们在清流关一带,留下了"常山寨""将军岭""中军帐""跑马场"等地名。

不难想象,这么一处重要关隘,在改朝换代或是发生大的历史事件的当儿,肯定是经历过无数次的厮杀、争夺、流血乃至是尸首遍地、饿殍遍野、哀鸣惊鸿、民不聊生。悲喜清流关,滚滚红尘中。清流关的千年历史,就是一部千年社会变革史、千年人类发展史。我来此,打心眼里不愿意去揭历史的伤疤,让今人为古人泪目,只企望能捡拾一些被时光遗忘的碎片,折射出古人的智慧,激励文明发展的力量。"清流关前一尺雪,鸟飞不渡人行绝。冰连溪谷麋鹿死,风劲野田桑柘折。"在古城滁州任过太守的大文学家欧阳修,写过不少以清流关为题材的诗作,让世人对清流关有了更深层次的认识。著名的豪放派诗人陆游也有"阵云冷压清流关,贼垒咿嘤气如发"的诗句。的确,历史上的清流关,也和国内的山海关、嘉峪关、居庸关、玉门关等著名关隘一样,留下的看得见摸得着的遗存很多,不仅有历代文人墨客的颂诗雅章,而且留有清泉古井、古迹春晓、中秋望月、清流瑞雪的"清流四景",有上马石、点兵石、磨刀石、试剑石的"清流四石",有古关隘、古驿站、古战场、古通道的"清流四古"以及以关圣殿为尊的庙宇群遗址,彰显着清流关的底蕴深厚和文化宏大,被一些专家学者评誉为"国内罕见""内陆唯一"!

可以说,这些遗存,是滁州的财富,安徽的财富,全国的财富,人类的财富。

漫步在长 3500 多米的古道,古道的两旁怪石嶙峋,树木虬生,显得空灵旷远,神秘莫测。初来乍到,大有时光穿越之感,以为到了雁门边关、嘉峪隘口、函谷要塞。这里的石板路高低不平,石板缝隙间杂草丛生,斑驳而荒废。石板上两道车辙宽约 5 厘米、深约 3 厘米,清晰可见,这断断续续、一路延伸的车辙啊,足以令人浮想联翩。黎国梁先生深情地告诉我,这段看似被世人忘却的古道,可不是一般的道路啊,这可是1100多年前南唐朝代修建的"官道",是那个时候典型的"高速公路",千百年来,历朝历代承载着繁重的战争战备、通商贸易等"大通道"使命,且保存的完整度全国少有,原汁原味,古意横生,置身其中,似乎能真切地感到古人的车马队伍刚刚过去,喧嚣声还萦绕在耳际,空气里弥漫着古人的气息。

由此我想,清流关这么个厚重之地,经过千余年的积累和沉淀,在历史上已经浓墨重彩,写下了不朽的华章。这里地处琅琊山景区之内,具有得天独厚的"地利",距离滁州市区只有12.5千米路程,东离"六朝古都"南京50多千米,西至省城合肥130千米,南距马鞍山100千米,北到蚌埠150千米左右,在新的时空之下,同样承载着文化旅游发展的重任,这处遗址的保护开发已箭在弦上,势在必行,蓄势待兴。

然而,在走出古道,离开清流关的当儿,我的脑海里刹那间有了一丝悔意:古道有幸,沉睡山中,被人遗忘,可能是最好的保护……

"大关水碗"与"百年老梅"

年前,与友人来到桐城大关,适逢2022年的第一场雪,雪花飘飘洒洒,天空变化莫测,天气虽然寒冷,却增添了一些诗情画意。

一地有一地的文化,一地有一地的民俗。大关这个地方三面环山,地势形成盆地,两条河流顺着长长的老街在街尾交汇,是一处"水上之舟"的船形之地。不能不说,这是古人的智慧,有水有船,顺风行舟,此地必然兴旺发达,人丁兴盛。

大关人胡启明先生介绍说,这里古称泉水铺,泉水四溢,透明无瑕,清凉气芳,甘甜爽口。祖辈人口口相传,八仙之一的吕洞宾路过此地,捧水而饮,感叹道:"此乃瑶池之水也。"自此,当地的老中医以水为药,认为此水"有禀阴中之阴,饮之可泻阳中之阳,有润肌肤、清肝火、和颜色、利三焦之功效也"。

为让我们感受大关的民俗文化,胡启明先生又向我们说起了乾隆皇帝。他说,想当年清乾隆皇帝下江南微服私访,途经大关,入住一民间旅馆。店家也不知道客人的来头啊,做饭的时候,当天准备的食材不多,竟以汤水凑之。乾隆爷吃了以后,感觉鲜美醇香,遂问店家此羹何名,店家一时无以作答,随口应之曰"水碗"。帝问此乃何地,答曰:大关。乾隆帝边品尝边赞叹道:"此美味佳肴乃'大关水碗'也。"后来,得知此客是皇帝老儿,"大关水碗"之名出其金口玉言,等于是御赐之名,随之名扬天下!当地文风兴盛,有学子赶考,赴乡试、殿试,家里都要做一桌丰盛的大关水碗,为其送行,图个顺汤顺水、吉祥如意。久而久之,就形成了一种饮食文化特色,现如今,"大关水碗"已成为著名的地理标志品牌了。

习俗是民间的约定俗成,来自民众,并被民众所认可。胡启明介绍说,"大关水碗"待客,讲究也是颇多的,一代传一代的规矩是,就在于水碗的数量,一般喜事用双,丧事用单,至于平时待客,也是四碗、六碗、八碗的双数,寓意好事成双。当然,糯米饭圆子虽然是油炸的,但也属水碗系列,逢席必备,意谓圆子上桌,圆圆满满。

介绍到这个份上,"大关水碗"是必吃不可的。在享用了美味之后,胡启明先生又安排我们一行到"药王寺"饮茶,品尝当地名茗"桐城小花"的清香。

"药王寺"的住持名叫释传正,是一位文化高僧。在聊天中得知,传正师父俗地是东北人,他游历名山大川,鉴赏过太多的风景,可是,他来到大关这个地方时,一下子被这里的山川美景和风土人情吸引住了,于是就在这里"安营扎寨",并精心打造了这座"药王寺"。从外表看,"药王寺"不同于传统的寺庙,寺庙面积不大,但造工精细,雕梁画栋,十分考究,美如画舫。庙宇坐落在山坳之间,坐北朝南,环山而居,犹如坐在太师椅中,前方视野开阔,放眼望去,山脚下的湖水波光粼粼,令人顿觉心旷神怡!

传正师父带我们一行参观了寺庙,天空中雪花飘飘,北风呼啸,山间的风似乎更大一些,雪花直往人眼里钻,冻得人不由得头往脖子里缩,我连连打了几个冷战。但令我们眼前一亮的是,满院的蜡梅却开满了黄花,迎着风雪,摇曳挺立,清香四溢。此情此景,我脱口而出:"不经一番寒霜苦,哪来梅花扑鼻香。"尽管我们冻得瑟瑟发抖,但大家还是不由自主地掏出手机,对着寒梅一阵猛拍,留住这美好的瞬间。

"这些蜡梅树不算什么,我们寺庙还有两棵百年老梅呢!"传正师父见我们对梅花感兴趣,就带着我们来到寺院外面的山坡上,映入眼帘的两棵老梅树,傲雪凌风,铁骨铮铮,老干新枝,开满了花朵。

"这两棵老梅有两百年的树龄了,看似伤痕累累,实则勃勃生机。"传正师父说,"老梅开花时节,整个寺院都能闻到一股清香,沁人心脾。"

我们静下心来闻了闻,果然,清香扑面,顿感温馨舒心。我在看到这两棵老梅树时,立马想到了那些描写梅树梅花的词语:冰肌玉骨、凌寒留香、经霜傲雪、迎风斗雪、暗香疏影、凌寒独放、俏不争春……

是啊,梅花不俗,它是孤冷的,习性清寂,不因没有彩蝶萦绕而失落,亦不为没有蜜蜂追随而沮丧。古人说梅有四贵:贵稀不贵繁,贵老不贵嫩,贵瘦不贵肥,贵合不贵开。看到眼前的百年老梅,我一切都释然了。

传正师父进一步介绍说,老梅树是有灵性的,寺院周围栽种的大白菜、胡萝卜、红萝卜、毛豆米等,山上的野猪时常光顾,糟蹋一空;而种在老梅树周边的蔬菜,也能看到野猪的脚蹄印迹,但却从没有遭到破坏过,长得水灵灵的,不能不说,大自然是很神奇的。

从"大关水碗"到"百年老梅",我们一路所感受的,不仅有浓郁的传统文化,还真切地感觉到了,人与自然那种生生不息的密码。

一文一武两棵槐树

位于古隋唐大运河之畔的泗州府,自古以来,民间多种植槐树。时至今日,有的槐树树龄达千年有余,有的五六百年,较年轻的也有三百多年的历史了。古槐棵棵,玉树临风,成为一道独特的风景。

说实在话,槐树树种普通,各地都有,提及上百年的老槐树,不说遍布城乡,起码也是随处可见,不足为奇。然而,在泗县城内,居然遥相呼应一文一武两棵古槐,文武双尊,傲视群雄,单就这一点,就足以让人连连称奇了。

在丹桂飘香时节,笔者专程驱车至泗县,来探究"文槐""武槐"的前世今生。

文槐,当地人称之为"文仙",现生长在泗州泗城第一小学校园内,树高十米左右,树干粗壮挺拔,两人合抱也抱不过来,树干中间有一深沟,可以藏人,远远望去,华盖如伞,墨绿成荫,自成一景,蔚为壮观。

就是这棵老槐树,它可是泗州历史发展的见证者。《泗县县志》载,这棵古槐树的生长地,恰恰是该州古夏邱书院所在地。

向前追溯一下,早在清康熙十一年(1672),官府选择在泗州东郊,创办夏邱书院,盖房植树,这棵老槐树,即是当年先民们种植的树木之一,正好与夏邱书院同龄同庚。

此后,在长达数百年的岁月里,这里一直是学舍之地。新中国成立后,这里也一直是高中、初中、小学校园，教书育人，教化后生，学堂一片天地，终日书声琅琅。

槐，乃木鬼也。历史上，这棵老槐树曾多次遭受雷劈火烧，可谓多灾多难。但是，老槐树哪怕只剩下一截树桩，每当春天来临的时候，依然发出新枝，翠绿兴旺，显示出勃勃生机。这样，当地人都以为这是一棵神树，以尊孔重教的传统，尊称这棵树为"文槐"，不少人在树枝上系上了红绸缎，焚香叩首，顶礼膜拜。

这让我想起了小时候，每逢阴雨天，大人们总是叮嘱，不要到大槐树下避雨，槐树上接天下连地，易遭雷劈。还有，当夜晚玩耍时，大人们也是特意交代，不要到大槐树下玩耍，因为，大槐树有树洞，树干是空心的，不安全。民间智慧，清晰可见。

果不其然，这历史的长河中，从"文槐"树下走出来的莘莘学子，每遇科考，犹如神助，往往能够金榜题名，产生了一大批文人雅士。至今，当地以中科院窦贤康、高松两位院士为代表的泗县籍专家学者，多达数十人，其中，国家和军队院校教授级别的就有十余人，延续了"文槐"之文脉。

一文一武两棵槐树，说罢"文槐"说"武槐"。"武槐"，则生长于泗县老武装部旁，也许是本该如此吧，在"武槐"树下，武装部官兵和民兵每天早上出操练武，杀声阵阵，口号连天，震动得"武槐"的树叶哗哗作响。常年有操枪弄炮的一支队伍在这里，周边百姓得以安康生活。

其实，"武槐"的前身，老百姓们是称之为"戎槐"的。戎，戎马倥偬也。"戎槐"之称，也不是空穴来风，上可追溯到明太祖洪武年间，泗州人邓愈，每日在这棵槐树下习武练剑，操兵演阵。后来，邓愈跟随朱元璋南征北战，屡立奇功，功成名就，被洪武皇帝赐封为卫国公，站立到王侯将相之列。再后来，邓愈在守卫寿春时病逝了，被朝廷追封为宁河王，终为历史天空中一颗闪闪发光之星！

常言道：将相分文武，文武列两旁。泗州一文一武两棵槐树，恰似文相武将，文武之道，张弛有度，守护着一方水土，佑护百姓安居乐业，四季风调雨顺，社会绵绵不衰。

在走访这两棵槐树的当儿，笔者又发散思维：为何泗州多槐树？

陪同而来的宿州市委党史和地方志研究室副主任冉现在先生解释说，泗州的老槐树现象，可能是源于先民们的初心情怀。明洪武年间，全国实行大移民政策，北方民众大量南移，当移民们离开故土启程时，家家依依惜别，亲人不忍离去，走一步三回头！移民们走了一段路程，戚戚然回眸一望，老屋已不可见，只能看见高大槐树上的老鹳窝了。于是，大槐树，老鹳窝，成了我们中华民族共同的乡愁。

呜呼，探寻一文一武两棵槐树，无意之间，我完成了一次寻根之旅，在这个金秋时节，收获满满！

后　记

可能是出身农村的缘故吧,我没有其他兴趣爱好,虽然穿了近三十年的军装,但念念不忘的还是农村,对民俗情有独钟,对农村的一些老物件喜爱有加。所以,长达几十年来,我的业余爱好就是收藏民俗物件、研究民俗事象、参加民俗活动、传承民俗文化,经常在传统文化"圈子"里混个脸熟,自认为沾染了一些传统文化人的气息。

然而,我这个并不时尚的爱好,却还时常受到一些友人的质疑:这小子图什么？是图利益？还是想出名？

我在这里很是坦然地说,爱好就是爱好,是不需要达到什么目的的。我从事民俗的收藏研究,确实没有什么目的和追求,总感到人生中有这个使命,这个使命似一双无形的大手,有力地推着我义无反顾地前行。就这样,我的业余时间,成为我的另一种面貌、另一种人生。无论是从军,还是从政,身上似乎传统的东西多了一些,自认为没有虚伪和颐气,生活单调简单,日子平凡踏实。有这一点,也就可以了。

收藏研究是需要有一定专业知识的,传承民俗也需把具体的民俗事象进行总结和推广,弘扬优秀传统文化更是要有一定的载体和平台。于是,日常写写有关传统文化方面的小文章,则是题中应有之义了。且一发而不可收,回头看看,我断断续续写了上百篇这类小文。

说实话,这个业余爱好,开阔了我的视野,充实了我的生活,也扩大了我的朋友圈。在民俗物件的收藏过程中，我结识了一大批收藏家和所谓的"文物贩子"，不仅看到了收藏家的渊博学识和大爱情怀，也认识到了一线"文物贩子"在田间地头的艰辛探索。纵观史上的收藏大家，他们大都是过着俭朴的生活，却竭力为国家为民族集"宝"。他们当然知道，自己只是这些"宝物"的临时看管者，而不是也不可能是永久拥有者。

参加民俗活动，实际上是一个不断学习、不断充电的过程。这期间，我结识并熟悉了不少国家和省、市级的文史、博物、民俗专家和写作大咖，他们以弘扬优秀传统文化为己任，身体力行地为民俗传承与发展鼓与呼，不辞辛劳，不计名利。我也结识了不少作家和媒体人，其中不乏著作等身者。与文化人为伴，近朱者赤，近墨者黑，想不文气都不行。况且，与勤奋者为伍，想不勤奋也难。这些，都是我人生的另类追求，另类体验，另类收获，另类财富，让我有满满的幸福感。

前期，我在参加我省著名方志、民俗专家欧阳发先生《晚遂斋文存》座谈会时，看到年届八秩的老先生编辑出版了600余万字的四卷书籍，卷帙浩繁，浩瀚恢宏，这是多么难能可贵啊！每个人的足迹，都能折射一个时代的脉络。于是，我就萌发了一个想法：把近几年零零碎碎写的一些文章收集整理出来，编撰捏合一个集子，这个集子是留给自己看的，也可以借此与同道们交流切磋。因此，这个集子所选编的篇目，大部分是在报刊或微刊公开发表过，基本上与文史、博物、民俗和文学这几个话题，或多或少都能够沾上边。

这里需要说明的是，本集所收录的文章，都是随口而谈，随手而记，随性而为，是以散文随笔的手法，来描写比较传统的、严肃的民俗类的话题，不同于学术研究，难免出现考证不足、年代不准、引用不周、描述不善、结论不实等问题。所以，本书如有不周或错谬之处，请各位师友给予批评指正为感！